Joan Aiken:
Ein Raunen in der Nacht
Neun schaurigschöne Geschichten

Deutsch von Irmela Brender

Deutscher
Taschenbuch
Verlag

dtv

Von Joan Aiken
sind im Deutschen Taschenbuch Verlag erschienen:
Ein Hauch von Frost (10680)
Wölfe ums Schloß (dtv junior 7146)
Der Flüsternde Berg (dtv junior 7385)
Regenwassergasse Nummer sechs (dtv junior 70027)
Verschwörung auf Schloß Battersea (dtv junior 70101)
Raben haben keinen Zutritt (dtv junior 70110)

Ungekürzte Ausgabe
Mai 1987
Deutscher Taschenbuch Verlag GmbH & Co. KG, München
Lizenzausgabe mit freundlicher Genehmigung des Verlags Friedrich Oetinger, Hamburg

Titel der englischen Originalausgabe:
›A Whisper in the Night‹ (Victor Gollancz Ltd., London)

ISBN 3-7891-2209-2
Umschlaggestaltung: Celestino Piatti
Umschlagbild: Dietrich & Irmgard Ebert, Reutlingen
Gesamtherstellung: C.H. Beck'sche Buchdruckerei, Nördlingen
Printed in Germany · ISBN 3-423-10746-4

Das Buch

Als Syria und Dermot Cadell das alte viktorianische Pfarrhaus inmitten eines riesigen Gartens mit See und wunderbarer Aussicht als Erholungsort wählen, ist ihre Welt noch in Ordnung. Doch das ändert sich rasch. Nicht nur, daß Dermot arbeitslos wird und sich den gewohnten großzügigen Lebensstil eigentlich gar nicht mehr leisten kann. Das Haus selbst birgt, wie sie bald erfahren, ein blutiges Geheimnis. Je mehr sie ihm auf die Spur kommen, um so bedrohter wird ihre eigene Existenz, und jäh bricht dann eines Tages das Grauen in diese Idylle ... »Liebhaber von Horrorgeschichten und phantastischen Erzählungen«, schreibt Alfred Müller-Felsenburg in der ›Deutschen Tagespost‹, »kommen hier auf ihre besonderen Kosten. Denn die Autorin verzichtet auf primitive Effekte. Ihre Gestalten und Handlungsabläufe schleichen auf sachten Sohlen daher, muten anfänglich meist harmlos und ganz und gar nicht spukhaft an, bis dann die Pointe kommt, witzig, unerwartet oder zumindest überraschend in einem hintergründigen Zusammenhang, der eine Tür hinter der Tür öffnet.«

Die Autorin

Joan Aiken, Tochter des amerikanischen Lyrikers Conrad Aiken, begann ihre literarische Karriere bereits im jugendlichen Alter: Als sie sechzehn war, wurde ihr erstes Gedicht veröffentlicht, zwei Jahre später ihre erste Geschichte. Inzwischen hat sich Joan Aiken im In- und Ausland einen breiten Leserkreis erobert – sowohl mit ihren aktionsgeladenen Kinder- und Jugendbüchern als auch mit ihren Romanen für Erwachsene, wie zum Beispiel dem Psycho-Thriller ›Die Kristallkrähe‹ und dem 1985 erschienenen Roman ›Das Mädchen aus Paris‹.

Inhalt

Miss Spitfire

»Stellt mein Bett hinaus auf die Rollbahn«, sagte Onkel Ned, »denn dort will ich sterben und nirgendwo sonst.«

Das führte natürlich zu einer ganzen Reihe von Problemen.

»Es gehört sich nicht«, wandte Mam ein. »In aller Öffentlichkeit sterben? Wofür hältst du dich denn? Für König Karl den Zweiten? Und was fällt dir als nächstes ein? Geradesogut könntest du ...« Dann wurde sie rot und preßte die Lippen zusammen und machte ein finsteres Gesicht.

»Wie sollen wir bloß das Bett hinausbekommen?« fragte Dad gereizt und schaute von Onkel Neds Bett, das groß und durchgelegen war und an allen möglichen Stellen Messingkugeln hatte, zur Schlafzimmertür mit ihren Tudor-Maßen: ein Meter siebzig hoch und achtundsechzig Zentimeter breit. Dad regt sich gern über Kleinigkeiten auf; so geht er wichtigeren Dingen aus dem Weg.

»Man hat das Bett hier reingebracht, also bringt man es auch raus, oder?« sagte Onkel Ned kurz. »Natürlich muß man es auseinandernehmen.« Er hatte eine herrische Art; schließlich hatte er zwanzig Jahre lang die Neue Irische Luftfahrtgesellschaft geleitet, bis sein Herz nicht mehr mitmachte. Dann war er auf den Einfall gekommen, nach Hause zu fahren und dort zu sterben, wo er geboren und aufgewachsen war.

»Und was machst du inzwischen?« fragte Mam.

»Ich setze mich in einen Sessel oder lege mich in ein anderes Bett. Ihr könnt auch ein Feldbett auf die Rollbahn stellen. Ich will keine Umstände machen.«

»Doktor Arden wird nie damit einverstanden sein.« Erleichtert klammerte sich meine Mutter an diesen Ausweg. »Du könntest dir dort draußen schließlich eine Lungenentzündung holen!«

»Stell dich nicht dümmer als du bist, Martha«, sagte Onkel Ned. »Was schadet mir schon eine Lungenentzündung, wenn mein Herz versagt? Und seit wann kriegt man eine Lungenentzündung im Mai?«

Tatsächlich hatte Doktor Arden, als er dann seinen Hausbesuch machte, überhaupt nichts dagegen einzuwenden, daß wir ein Bett für Onkel Ned auf die Rollbahn stellten. Das hing damit zusammen, daß die beiden im Zweiten Weltkrieg zur selben Zeit in der Königlichen Luftwaffe waren, Onkel Ned als jüngster Oberstleutnant im Jagdgeschwader und Doktor Arden beim Bodendienst hier in Chevron Hill. Er hatte es irgendwie geschafft, diesen Posten zu bekommen, obwohl er ohne Brille noch nie etwas sehen konnte. Seither waren die beiden Männer gute Freunde.

Vor dem Zweiten Weltkrieg hatte hier ein großes Haus gestanden, Chevron Hall, aber es war von einer der ersten deutschen Bomben völlig zerstört worden, und so hatten sie aus dem Gelände einen Fliegerhorst gemacht und den Kricketrasen, der eine Meile lang war, als Rollbahn benutzt. Jetzt gibt es hier einen kleinen Handelsflugplatz und einen Fliegerclub. Dad, der Gärtner in Chevron Hall gewesen war, wohnte im Pförtnerhaus, und dort wohnen wir immer noch. Nur hat er jetzt eine Baumschule. Immerhin wird sich jeder fragen, wie man Onkel Neds Todesbett auf die Rollbahn stellen konnte, wenn der Flugplatz in Betrieb war? Die Antwort lautet, daß ein zweitägiger Streik der Fluglotsen angekündigt war, die damit die Forderung nach mehr Schutz des fliegenden Personals vor Flugzeugentführern unterstützen wollten. In den nächsten beiden Tagen würden also keine Maschinen am englischen Himmel fliegen, und wenn doch, würden sie bald in Schwierigkeiten kommen, weil am Boden sich niemand um sie kümmerte.

»Aber paß mal auf, alter Freund«, sagte Doktor Arden, als er meinem Onkel den Puls fühlte. »Hm, das hört sich an wie ein Fahrrad mit viereckigen Rädern. Also, du mußt deinen Tod bis Donnerstag hinter dich gebracht haben, dann starten sie wieder. Ich sage nicht, daß es unmöglich ist. Aber du mußt dran denken.«

»Roger«, sagte Onkel Ned. Das bedeutet nicht nur in der Funkersprache »verstanden«, Roger ist auch tatsächlich Doktor Ardens Vorname; der Witz hatte einen solchen Bart, daß er wieder komisch war.

»Ach, du meine Güte«, sagte Mutter. »Ich will gar nicht dran denken, was die Nachbarn sagen werden.«

Doktor Arden tat, als hätte er nichts gehört. »Haben Sie ein Feldbett?« fragte er. »Wenn nicht, bringe ich meins herüber. Helen schläft zur Zeit im Garten darauf, aber sie kann auch zweimal im Haus übernachten.«

Helen ist seine Tochter und meine Freundin.

Sie und ich trugen das Bett heraus und schlugen es mitten auf der Rollbahn auf. Und wir bezogen es ordentlich mit einem rosa-weiß-gestreiften Laken, legten zwei dicke Kopfkissen darauf und dann noch eine warme walisische Decke in Blau und Rot und Violett. Es sah fabelhaft aus.

»Ah«, sagte Onkel Ned zufrieden, als er es sah. »Die reinste Zauberei. Das habt ihr gut gemacht.«

»O Neddy!« jammerte Mutter, die ihn mit Vater in einem Rollstuhl vom Roten Kreuz über das betonierte Vorfeld geschoben hatte. »Willst du das wirklich machen? Dich so zur Schau stellen?«

»Wer sieht mich schon?« fragte Onkel Ned und schaute sich um.

Chevron Hill ist ein mittelgroßer Berg in Hampshire; bei klarem Wetter sieht man von hier aus die Insel Wight und die Ölraffinerie in Fawley, und in der anderen Richtung kann man bis zu den Chiltern-Hügeln sehen, aber dazwischen gibt es nicht viel außer einer Menge Lerchen, die aus vollem Halse singen, und ein paar Kuckucke in den Wäldern drunten.

In Hampshire wachsen viele Blutbuchen. Wenn die Blätter jung sind, gerade erst entfaltet, haben sie eine erstaunliche Farbe, ein leuchtendes dunkles Pflaumenrot. Sie durchzogen wie Baumstraßen die ganze Landschaft. Dazwischen schäumte blühender Weißdorn. Es war ein prächtiger Frühling. April und Mai waren so kühl und trocken gewesen, daß die Blütezeit länger dauerte als gewöhnlich. Alle Hügelhänge und Hecken waren mit weißen Blüten bedeckt, als hätte es weißes Feuerwerk auf sie herabgeregnet. Und zwischen den roten Buchen und weißen Heckenblüten und grünen, grünen Wiesen lagen vereinzelte Rapsfelder verstreut. Jeder kennt ja die Farbe der Rapsblüte – ein blasses, klares Senfgelb, das aufblitzt an grauen Tagen mit Gewitterwolken am Himmel. Das ganze Land war rot, weiß, gelb und grün.

Onkel Ned betrachtete diese Landschaft, die er zum letzten Mal sehen sollte, und wurde noch zufriedener. »Ich habe mir einen guten Platz zum Sterben ausgesucht«, sagte er. »Du kannst ins Haus gehen und fernsehen, Martha, oder sonstwas machen. Ich will nicht, daß du hier herumjammerst, dabei kann ich meine eigenen Gedanken nicht hören.«

»Im Fernsehen läuft nichts außer Telekolleg!«

»Dann siehst du dir eben das an, verflixt noch mal. Die Kinder können bleiben, wenn sie sich vernünftig benehmen.«

Mam und Dad waren nicht einverstanden, aber sie gingen. Murrend gingen sie über die Rollbahn zurück und wurden mit dem Rollstuhl immer kleiner, je weiter sie sich entfernten, bis sie erbsenwinzig waren. Doktor Arden mußte einen Patienten in Bishop's Tisted besuchen, und als er sich überzeugt hatte, daß Onkel Ned hier gut aufgehoben war und auch ein Schinkenbrot, eine Flasche Wurzelwein, sein Transistorradio und eine Wärmflasche hatte, verabschiedeten sich die beiden Männer mit einem Händedruck.

»Bis dann, Roger.«

»Bis dann, Ned. Hals- und Beinbruch.«

Der kleine Mini des Doktors fuhr über die Rollbahn davon; er glänzte im Sonnenlicht des stürmischen Tags wie ein Maikäfer. Da hockten wir nun in der Mitte von nirgendwo neben dem Feldbett.

»Onkel Ned«, sagte Helen. (Sie ist nicht wirklich seine Nichte, aber sie nennt ihn Onkel, weil sie ihn schon so lange kennt.) »Onkel Ned, warum willst du eigentlich hier draußen sterben?«

»Na, hör mal«, sagte Onkel Ned etwas überrascht, als müßte die ganze Welt die Geschichte kennen, »natürlich wegen der Schwester deines Vaters, deiner Tante Reine.«

»Tante Reine? Die bei der Luftwaffe war, als Flak-Helferin?«

»Natürlich«, wiederholte er und lag dann da, die Hände flach auf der violett-roten Decke ausgestreckt, und schaute weit in die Vergangenheit.

Seine Gedanken schienen ihn sehr zu beschäftigen, und weil wir ihn durch Gespräche nicht stören wollten, schaltete ich das Transistorgerät ein und suchte Musik, wie Onkel Ned sie mag – Harfenstücke, die ›Strickerinnen‹ oder ›Bei der Weinlese‹ oder so ähnlich heißen. Und wir hörten schweigend zu.

Nach einer Weile wurde die Musik durch eine Meldung unterbrochen.

»Vier deutsche Terroristen haben eine DC 4 der türkischen Luftfahrtgesellschaft entführt und fliegen nach Norden über Europa. Sie fordern von der westdeutschen Regierung die Freilassung politischer Gefangener. An Bord der Maschine befinden sich zwölf Passagiere, und die Terroristen drohen, jede Stunde einen Passagier aus der Maschine zu werfen, bis ihre Forderungen erfüllt sind. Die DC 4 hat keine Druckkabine, es ist also möglich, während des Fluges die Kabinentür zu öffnen.«

Onkel Ned schüttelte heftig den Kopf. »Was diesen Flugzeugentführern einfällt! Passagiere rauszuwerfen wie Apfelbutzen! Schweinerei. Außerdem rücksichtslos. Ich hab schon immer gesagt, man sollte allen Passagieren Fallschirme geben. Trotzdem, wenn ich die westdeutsche Regierung wäre, würde ich nicht nachgeben.«

Ich wollte ihn von dem beunruhigenden Thema ablenken und sagte: »Erzählst du uns von Helens Tante Reine, Onkel Ned? Wie hat sie ausgesehen?«

»Wie Helens Spiegelbild. Geschmeidig und fuchsig. Deshalb habe ich ja immer eine solche Schwäche für Helen gehabt.«

Und sie für ihn. Sie hätte die Haare von ihrem Kopf gegeben, um ihm ein Paar Bettsocken zu machen. Und wer erlebte, wie sie einander neckten und frotzelten, hätte nie geglaubt, daß zwischen ihnen vierzig Jahre Altersunterschied waren.

»Reine hatte rotblondes Haar, so wie du, Helen, Mädchen«, sagte Onkel Ned. »Sie trug es kurz, wie eine Kappe. Es hatte genau die Farbe von poliertem Kupfer. Und sie hatte graue Augen und ein schmales Gesicht und ein Temperament, das Respekt verlangte. Etwas gab es, das sie vor Wut zum Sieden brachte, nämlich, daß man die Mädchen bei der Luftwaffe nicht fliegen ließ. Sie hatte ihren Pilotenschein, sie hatte weit über hundert Flugstunden gemacht, sie kannte sich in Funknavigation und allem wahrscheinlich besser aus als manche Piloten, die oben in der Luft waren, aber dennoch mußten die Mädchen am Boden bleiben. ›Oh, ich wollte, ich könnte dort hinauf und diese Nazis jagen‹, sagte sie oft und drohte mit der Faust, wenn ein paar Heinkel oder Messerschmitt über uns flogen. Ständig hat sie mich bearbeitet, daß ich sie mit nach oben nehme, sie in meine Hurricane schmuggle, aber ich habe es nie getan. In einer Hurricane war nicht genug Platz, von allem anderen abgesehen. Sie durfte nur im Kontrollturm bleiben und zusehen, wie wir sicher starteten und landeten. Sie hat sich auch ganz schön um mich gesorgt, wenn die deutschen Bomber und ihre Begleitgeschwader zu Hunderten vorbeidonnerten und die Luft so voller Flakgeschosse war wie eine Dose voller Sardinen. ›Zerbrich dir nicht meinetwegen deinen roten Kopf, Schatz, mir passiert schon nichts‹, sagte ich immer zu ihr. Irgendwie wußte ich, daß es stimmte. ›Wir sehen uns auf dem Rollfeld, wenn ich zurückkomme.‹ Und sooft sie wegkonnte, war sie da, wenn wir nach einem Nachtgefecht mit den Heinkel landeten. Zuerst nahm sie mich fest in die Arme, dann schüttelte sie mich heftig und sagte: ›Warum hast du mich nicht mitgenommen, du gemeiner Kerl! Eines Tages komme ich doch hinauf!‹ Aber sie hat es nie geschafft. Miss Spitfire haben sie sie im Fliegerhorst nach dem Flugzeugtyp genannt, es bedeutet aber auch Feuerkopf. Doch für mich hieß sie immer Füchschen.«

Onkel Ned hielt inne. Sein Blick war traurig und voller Erinnerung.

»Und was ist mit ihr geschehen, Onkel Ned?« fragte ich.

»Eines Abends sagte ich: ›Wir sehen uns auf der Rollbahn‹ und startete. In jener Nacht hatten wir einen erbitterten, langen Kampf über Reading, er dauerte Stunden. Aber auf dem Heimflug wurden wir nach Arunmere umdirigiert, weil eine Junkers 87 ihre letzte Bombe auf den Kontrollturm von Chevron Hill geworfen hatte. Vom Turm und von der Mannschaft war nichts mehr übrig. Füchschen hatte es erwischt, nicht mich. Und deshalb möchte ich hier draußen auf dem Rollfeld sterben – nur für den Fall, daß sie auf mich wartet.«

Er schaute sich auf dem Gipfel um. Die Sonne schien noch heller, ihre Strahlen lagen jetzt tief und waagerecht, und die Gewitterwolken türmten sich noch höher. Es war ein guter Platz zum Sterben, und ich hielt es für sehr wahrscheinlich, daß Helens Tante Füchschen auf ihn wartete und sogar ein wenig ungeduldig wurde. Immerhin hatte sie einundvierzig Jahre lang ausharren müssen.

»Hör zu«, sagte Onkel Ned, »wenn ich tot bin, sollst du dafür sorgen, daß deine Eltern tun, was ich als letzten Wunsch niedergeschrieben habe – sie sollen mich verbrennen lassen und meine Asche für einen praktischen Zweck nutzen. In einer Eieruhr oder so was.«

»In einer Eieruhr, Onkel Ned? Ob da nicht viel mehr Asche übrig ist, als man für eine Eieruhr braucht?«

»Na und«, sagte er ungeduldig, »dann streut sie in den Garten, benutzt sie für Kompost, was ihr wollt. Auf keinen Fall möchte ich eine dieser muffigen verlogenen Beerdigungen, bei denen jeder verlegen ist und Dinge sagt, die er nicht meint und zu meinen Lebzeiten nie gesagt hätte. Für Füchschen gab es keine Beerdigung, und ich will auch keine.«

Ich versuchte mir vorzustellen, wie Mam an Onkel Neds Asche die Kochzeit der Frühstückseier ablas, aber meine Phantasie versagte wie ein Kamel vor einer Gletscherspalte.

Onkel Ned fühlte seinen Puls. »Jetzt dauert es nicht mehr lang«, sagte er munter. »Auch gut, denn es sieht aus, als bekämen wir in Null Komma nichts einen Gewitterregen. Zu schade, wenn eure hübsche walisische Decke naß wird.«

»Mach dir deshalb keine Sorgen, Onkel Ned«, sagte Helen. »Die trocknet wieder.«

»Ihr stellt euch jetzt besser irgendwo unter!« Ein Donnergrollen folgte seinen Worten wie ein Ausrufezeichen.

Das Radio, das wieder Musik gesendet hatte, knatterte laut, dann sagte der Nachrichtensprecher: »Die deutschen Terroristen an Bord der entführten türkischen DC 4 haben ihre Drohung wahrgemacht und zwei Passagiere hinausgeworfen, einen über Dijon und einen über der Normandie. Doch sie sind jetzt in Schwierigkeiten, weil ihnen der Treibstoff ausgeht und kein französischer Flughafen ihnen Landeerlaubnis gibt.«

»Geschieht ihnen recht, den Dummköpfen«, sagte Onkel Ned. »Was erwarten sie denn, einen roten Teppich und eine Kapelle, die die Marseillaise spielt?«

Wieder donnerte es, und ein Blitz spaltete wie ein großes Z den Himmel.

»Lauft, ihr zwei«, sagte Onkel Ned. »Das fehlt gerade noch, daß ihr an meinem Todesbett vom Blitz getroffen werdet. Mir dagegen kann er überhaupt nichts anhaben.« Und er hob die Faust zum Himmel, als wollte er einen Donnerschlag einladen, und sang: »›Blast, Winde, blast aus vollen Backen!‹ Jetzt gib mir einen Kuß, Helen, mein Schatz. Du gleichst so deiner Tante, daß ich dich geheiratet hätte, wenn der Altersunterschied nicht wäre – und Füchschen, die dort oben auf mich wartet. Dann könntest du dich jetzt darauf vorbereiten, Witwe zu werden. Also ist's am besten so, wie es ist. Mach's gut, Ted«, sagte er zu mir und schüttelte mir die Hand. »Halt die Ohren steif. Und gib ein bißchen auf Helen acht. Und denk an das, was ich über die Asche gesagt habe. Los jetzt!« Ein weiterer Blitz riß den Himmel auf, und der Regen prasselte herab wie Stahlnadeln.

Also liefen wir – und wurden pudelnaß auf dem Weg zu dem Schutzdach, unter dem Passagiere an guten Tagen auf ihre Flugzeuge warten sollten – falls Flugzeuge verkehrten.

Dort blieben wir stehen. Onkel Ned war gerade noch zu erkennen, winzig aus dieser Ferne; sein Bett sah aus wie eine violette Kleeblüte. Und der Regen fiel in grauen Sturzbächen vom Himmel, und hin und wieder leuchtete der nasse Asphalt in einem Blitz auf.

»Wenn das so weitergeht, kommt gleich deine Mutter mit einem Regenschirm«, sagte Helen. »Ich dachte, sie wäre längst da.« Aber meine Mutter fürchtet Gewitter; sie zieht das Kabel vom Fernseher aus der Steckdose und sitzt mit einem Handtuch über dem Kopf da.

Von Zeit zu Zeit winkte Onkel Ned uns zu – wir konnten seinen blauen Schlafanzugärmel erkennen – und zeigte uns, daß er noch lebte und den Sturm genoß, der ihm einen würdigen Abgang bescherte; das Gewitter dauerte an, Blitze durchschnitten die Nacht, dicht gefolgt vom Krachen des Donners.

»Ein Glück, daß wir die Wärmflasche so heiß gemacht haben«, sagte Helen.

»Und daß er eine ganze Flasche Wurzelwein hat«, sagte ich. Dann hörten wir ein Geräusch, das kein Donner war.

»Merkwürdig«, sagte Helen besorgt. »Das klingt wie ein Flugzeug – aber wie ist das möglich? Es sind keine Flugzeuge in der Nähe.«

Aber es war ein Flugzeug.

Nach wenigen Minuten sahen wir die große dunkle Maschine, geisterhaft in der Dämmerung, groß, weil sie sehr tief flog und ihren Weg zwischen den Gewitterwolken suchte. Sie kam näher und tiefer und zog Kreise.

»O nein«, sagte ich in ungläubigem Entsetzen. »Sie landet. Aber wie kann sie hier landen? Im Turm ist niemand, der die Erlaubnis geben kann ...«

»Und was ist mit Onkel Ned?« stieß Helen hervor.

Sie umklammerte meinen Arm, als wäre er ein Rettungsring; ihre Finger gruben sich in mein Fleisch. Dann hielt sie die Luft an. »Schau – schau dir die Kennzeichnung an! Das ist eine arabische Schrift – und ein Halbmond ...«

In der nächsten Minute berührte das Flugzeug den Boden. In diesem Moment leuchtete ein neuer schrecklicher Blitz auf, der die Maschine in der Mitte zu spalten schien. Die hintere Hälfte holperte vom Rollfeld aufs Gras am anderen Ende, die vordere raste weiter auf Onkel Ned zu wie eine Fackel auf Rollschuhen. Direkt vor seinem Bett zerplatzte sie in einer verheerenden Explosion, die bis in den Himmel stieg.

Bald waren viele Menschen zur Stelle. Natürlich hatte man die Explosion meilenweit hören können. Doktor Arden war der erste, weil er in seinem Mini über den Berg zurückgefahren war und alles gesehen hatte.

Er half Helen und mir, zehn Passagiere aus der hinteren Hälfte des Flugzeugs zu befreien. Sie waren verwirrt, betäubt, krank vor Furcht, doch, von ein paar Prellungen abgesehen, kaum verletzt. Zwei sprachen ein wenig Englisch. Eine davon war eine Frau mittleren Alters, die vernünftig wirkte.

»Das Erstaunlichste«, sagte sie, »war dieses Mädchen, das plötzlich aus der Bordküche kam. Sie trug irgendeine Uniform – aber sie war keine Stewardess. Niemand von uns hatte gewußt, daß sie im Flugzeug war. Sie ging nach vorn zur Kanzel, zu den Entführern, und sagte ihnen, hier könnten sie landen, sie kenne diesen Flugplatz. Sie werde die Maschine zu Boden bringen, sagte sie. Und dann schickte sie uns in den hinteren Teil des Flugzeugs, dort, sagte sie, seien wir sicher. Ich glaube, sie war Engländerin. Und – und dann ging sie wieder nach vorn.«

»Wie hat sie ausgesehen?« fragte Helen.

»Oh – sie war dir sehr ähnlich, mein Kind.«

Es war unmöglich, Onkel Neds Asche in eine Eieruhr zu füllen; wie hätten wir sie aussortieren sollen? Aber er wäre uns deshalb sicher nicht böse gewesen.

Meiner Kusine Tessie ging es so. Blank wie ein neuer Pfennig war sie, gut wie Gold, sauber wie Seesand. Und klug dazu. Sie las einfach alles, seit sie fünf war. Zeitungen, Briefe, Bücher aus der Bibliothek, alles, was gedruckt war. Ein zartes kleines Ding, mager, überhaupt nicht hübsch, aber von klein auf hatte sie eine Art, mit Wörtern umzugehen, daß man ganz überrascht war. »Guck, wie die Sonne untergeht, Ma«, sagte sie zum Beispiel. »Sie versteckt ihr Gesicht hinter ihren Haaren.« Vom alten Briefträger Jumper auf seinem roten Fahrrad sagte sie, er bringe Neuigkeiten von Fremdenorts. Und ein bißchen braunen Rohzucker auf einem Salatblatt – das war ihr liebster Leckerbissen – nannte sie ein Zuckerblatt. »Aber heute war ich nicht brav genug für ein Zukkerblatt«, sagte sie oft. »Stimmt's, Ma?«

Dabei war sie meistens brav, ich sag's ja, in ihr war kein Arg.

Nur ging sie nicht ins obere Stockwerk.

Schon als winziges Baby war sie so, kaum daß sie überhaupt etwas bemerkte. Wenn meine Tante Sarah versuchte, sie hinaufzutragen, schrie sie und führte sich auf, daß man meinen konnte, sie sollte zur Schlachtbank geschleppt werden. Zuerst dachten sie, Tessie wolle nicht ins Bett, hätte vielleicht Angst vor der Dunkelheit, aber darum ging's überhaupt nicht. Denn sie schlief überall ein, wo man sie hinlegte, in der Küche, in der Besenkammer unter der Treppe, im Schuppen neben dem Waschkessel, selbst im Kohlenkeller, wo mein Onkel Fred einmal in seiner Wut die Wiege abgestellt hatte. »Soll sie hier liegen«, sagte er. »Wenn sie oben im Zimmer nicht schlafen will, soll sie eben hier liegen.«

Und da lag sie, still und friedlich die ganze lange Nacht, und gab keinen Laut von sich.

Meiner Tante Sarah machte Tessies Eigenart ziemlich zu schaffen, denn sie hatten im Erdgeschoß nur ein einziges Zimmer, und abends will man die Kinder aus dem Weg haben. Eines, das nachts nicht hinaufgeht, macht

Ärger. Aber als Tessie drei war, zogen Onkel Fred und Tante Sarah nach Birmingham, wo sie eine angebaute Küche und ein Stückchen Garten hatten, und in den Garten baute Onkel Fred für Tessie eine winzige Hütte, nicht viel größer als ein Koffer, direkt an die Küchenmauer baute er sie, und dort hinein kam ihr Feldbett, und dort schlief sie bei Regen und Schnee.

Ob sie am Tag ins obere Stockwerk ging?

Nicht, wenn es sich vermeiden ließ.

»Lauf hinauf, Tessie, und hol mir die Schere – oder ein sauberes Handtuch – oder die Haarbürste – oder die Flasche Kamillenextrakt«, sagte Tante Sarah, als Tessie laufen konnte und kleine Pflichten übernahm. Sofort fing ihre Lippe an zu zittern, und in ihren Augen stand das reine Entsetzen. Aber Tante Sarah ließ nicht mit sich spaßen. Die große Schlacht darüber, wo Tessie schlafen sollte, hatte sie verloren. In Kleinigkeiten ging es jetzt nach ihrem Kopf. Das Kind mußte hinauf, ob es ihm gefiel oder nicht. Und sie ging hinauf, von Tante Sarah beobachtet, aber ihren Schritten hörte man an, daß sie einen Fuß nach dem andern hochschleppen mußte, das ging so mühsam, als ob man rostige Nägel aus Holz zöge. Und sobald sie oben war, hörten sich die schüchternen Schritte auf Zehenspitzen an, als wäre aus Versehen ein Eichhörnchen oder ein Vogel ins Haus geraten. Sie holte den Gegenstand, den Tante Sarah haben wollte, und dann stürzte sie herunter, wie vom Leibhaftigen gejagt, schob das Ding, was es auch war, ihrer Ma in die Hände und raste hinaus in den Garten, wo sie die frische Luft in tiefen Zügen in sich einsog. Draußen war sie am liebsten, ganze Tage verbrachte sie im Garten, wenn Tante Sarah sie ließ. Sie hatte ein kleines Beet, auf dem sie Salat und Kresse zog, Onkel Fred besorgte ihr die Samen, und dann gaben ihr die Leute Stecklinge und Blumensamen, unter ihren Händen wuchs alles. Der Garten war hübsch, man sah die Erde nicht mehr vor lauter Grünzeug und Blumen, Narzissen, Glockenblumen, Wicken, Ringelblumen. Natürlich kamen die Nachbarn und mischten sich ein. Nachbarn wissen immer alles besser. »Ein Kind, das nicht nach oben geht? Meinem würde ich das nicht erlauben«, sagte Mrs. Oakley von gegenüber. »Das ist einfach ungezogen, wenn Sie mich fragen. Ich hätte ihr das längst ausgetrieben.« Denn bei anderen Leuten war Tessie genauso, als sie alt genug war, mit zum Kaffee zu kommen. Ins obere Stockwerk ging sie nicht. Alles, nur das nicht.

Natürlich versuchten sie, sich vernünftig mit ihr auseinanderzusetzen, sobald sie sich richtig ausdrücken konnte.

»Warum willst du nicht hinauf, Tessie? Was ist los im oberen Stockwerk? Dort ist doch nichts Schlimmes? Nur die Betten und die Kleiderschränke. Vor denen muß man sich doch nicht fürchten?«

Und manchmal sagte Tante Sarah lachend: »Dort oben bist du dem Himmel näher.« Aber nein, Tessie antwortete: »Es ist schlimm, es ist schlimm! Dort oben ist was Schlimmes.« Als sie noch ganz klein war, sagte sie: »Dunkelwald. Dunkelwald.« Und: »Großvater Mond! Ich habe Angst, ich habe Angst!« Das war merkwürdig, denn vor dem alten Mond selbst, der am Himmel segelte, hatte sie überhaupt keine Angst, sie liebte ihn und versuchte, das silbrige Licht in ihren Händen einzufangen, wenn sie nachts draußen war. Sie sagte, es sei wie Lametta, das vom Himmel fällt.

Tante Sarah machte sich Sorgen, was passierte, wenn Tessie in die Schule kam. Angenommen, es gab da ein Klassenzimmer im oberen Stock, was dann? Aber Onkel Fred sagte, sie solle sich nicht verrückt machen, keine Sorgen borgen; sehr wahrscheinlich hätte das Kind bis dahin den ganzen Unsinn vergessen, die meisten Kinder seien so.

Als Tessie eine schlimme Diphtherie bekam mit einer Geschwulst im Hals, hörte ein Arzt, der sie behandelte und häufig nach ihr sah, von der Sache.

»Hier ist sie nicht gut aufgehoben«, sagte er, denn ihr Bett stand in der Küche – es war im Winter, und sie konnten vom Arzt nicht verlangen, daß er in Tessies kleine Hütte im Garten ging. Tante Sarah fing gleich an zu weinen und sich aufzuregen, und dann sagte sie ihm, wie es war.

»Diesem Unsinn mache ich ein Ende«, sagte er. »Jetzt, wo sie krank ist, weiß sie sowieso nicht, wo sie ist. Und wenn es ihr bessergeht, wacht sie auf und stellt fest, daß sie im oberen Stockwerk liegt, und damit ist ihre Phobie weg.« So nannte er das, eine Phobie. Er nahm Tessie also aus dem Bett und trug sie hinauf. Du meine Güte, hat sie sich angestellt! Man hätte meinen können, sie würde bei lebendigem Leib gehäutet. In der ganzen Straße streckten die Leute die Köpfe aus den Fenstern. Er mußte sie schleunigst herunterbringen. »Dieses Kind hat eine enorme Kraft in sich, an der Diphtherie wird sie jedenfalls nicht sterben«, sagte er, aber er war sehr verärgert, das konnte man sehen. Ärzte mögen es nicht, wenn man ihnen Widerstand entgegensetzt. »Da haben Sie einen Dickkopf hier, liebe Frau«, sagte er und ging kochend vor Wut davon. Aber er muß einem anderen Arzt von Tessies Halsstarrigkeit erzählt haben, denn etwa eine Woche später kam ein Doktor Trossick, ein Seelendoktor, einer von diesen Pschissologen, und der wollte Tessie alle möglichen Fragen stellen. Erinnert sie sich an dies und das, als sie noch ein Baby war, und warum will sie nicht hinauf, kann sie ihm den Grund sagen, und was soll das mit Großvater Mond und Dunkelwald? Außerdem, hat sie denn keine Angst um ihre Ma und ihren Pa, wenn die ins obere Stockwerk gehen?

»Nein, für sie ist es nicht gefährlich«, sagte Tessie. »Nur für mich.«

»Aber warum ist es für dich gefährlich, Kind? Was glaubst du denn, was passiert?«

»Etwas Schreckliches! Das Schlimmste, was man sich denken kann!«

Doktor Trossick machte sich eine Menge Notizen, ließ Tessie alle möglichen Tests in einem Fragebogen beantworten, den er mitgebracht hatte, und dann wollte er sie dazu bringen, hinaufzugehen. Er überredete sie, eine Minute lang auf der untersten Treppenstufe zu stehen, und dann auf der nächsten und der übernächsten. Aber auf der vierten Stufe fing sie an, so zu zittern und zu beben, und die Tränen liefen ihr übers Gesicht, daß er nicht das Herz hatte, sie weiter zu zwingen.

So stand es also, als Tessie etwa sechs war. Und da erfuhren sie eines Tages: Die ganze Straße, in der sie wohnten, sollte saniert werden, die Häuser abgerissen, die Mieter umgesiedelt. Alle die kleinen zweigeschossigen Gebäude mußten weg, und die Bewohner sollten in Hochhäuser ziehen. Tante Sarah, Onkel Fred und Tessie wurde eine Wohnung im sechzehnten Stock eines Häuserblocks angeboten, der gerade im Bau war.

Tante Sarah regte sich vielleicht auf! Sie liebte ihr kleines Haus. Und was Tessie anging – »Das bringt sie bestimmt um«, sagte Tante Sarah.

Das ärgerte Onkel Fred. Er war ein langsamer Mann und ein sturer.

»Wir können nicht unser ganzes Leben so einrichten, daß es einem Kind gefällt«, sagte er. »Man hat uns eine Sozialwohnung angeboten – sehr gut, wir nehmen sie. Das Kind muß lernen, daß es nicht immer nach seinem Kopf geht. Außerdem«, sagte er, »gibt es Aufzüge in diesen Blocks. Wenn sie in einem Aufzug hochfahren kann, macht es ihr vielleicht nicht soviel aus wie Treppen hinaufzugehen. Und vielleicht ist der sechzehnte Stock nicht so schlimm wie der erste oder zweite. Schließlich werden wir alle auf einer Ebene sein – in der Wohnung gibt es keine Treppe.«

Na gut, Tante Sarah fand das vernünftig. Und als einziges fiel ihr ein, Tessie in ein Hochhaus mitzunehmen und zu sehen, was dann geschah. Ihre Kusine Ada, das ist meine Mutter, war bereits in einen dieser hohen Blocks gezogen, also kam Tante Sarah eines Nachmittags mit Tessie zu Besuch.

Am Anfang ging alles gut, das Kind schaute sich um, interessiert und unbekümmert, bis sie in den Aufzug gingen und die Türen sich hinter ihnen schlossen.

»Was ist das?« fragte Tessie da.

»Ein Aufzug«, sagte Tante Sarah, »und damit fahren wir zu deiner Tante Ada und zu Winnie und Derrie.«

Nun, als der Aufzug hochfuhr, Tante Sarah erzählte uns das später, wurde Tessie so weiß wie ein Tischtuch, und als er im zehnten Stock war, dort wohnten wir, lag sie flach auf dem Boden. Ohnmächtig. Es war eine richtig schlimme Ohnmacht, es dauerte ewig, bis sie wieder zu sich kam, und Tante Sarah regte sich entsetzlich auf.

»Was hab ich getan, was hab ich ihr nur angetan«, sagte sie immer wieder.

Wir alle halfen ihr, Tessie nach Hause zu bringen. Aber

danach ging es dem Kind sehr schlecht. Mam sagte, früher hätten sie das Gehirnfieber genannt. Sie warf und wälzte sich im Bett umher, heiß wie Feuer, phantasierte, weinte und jammerte von Dunkelwald und Großvater Mond. Lange Zeit machten sie sich zu große Sorgen um Tessie, als daß sie etwas geplant hätten, doch als es ihr so langsam wieder besserging, sagte Tante Sarah zu Onkel Fred: »Und was machen wir jetzt?«

Also, er war natürlich völlig außer sich, aber er ließ seinen Namen von der Liste derjenigen streichen, die eine Sozialwohnung wollten, und fing an, eine Arbeit zu suchen in einem anderen Ort, wo sie zu ebener Erde wohnen konnten. Und endlich fand er auch einen Job in einer kleinen Stadt an der Küste, Topness, etwa hundert Meilen entfernt. Er fand auch ein Haus und alles, und so zogen sie um.

Eigentlich wollten sie warten, bis es Tessie besserging, doch die Stadtverwaltung drängte sie, ihr Haus zu verlassen, weil die ganze Straße schon leer war. Die andere Seite war bereits eingeebnet, man sah nur noch einen Haufen Schutt, so weit das Auge reichte, und die Hälfte der Häuser auf ihrer Seite war auch schon abgerissen.

»Was passiert?« fragte Tessie immer wieder, wenn sie aus dem Fenster schaute. »Was passiert mit unserer Welt?«

Es nahm sie sehr mit.

»Tun sie das auch meinem Garten an?« fragte sie. »Meinen Wicken und den Ringelblumen?«

»Mach dir keine Sorgen, Schatz«, sagte Tante Sarah. »Dort, wo wir hingehen, wirst du einen hübschen Garten haben.«

»Und ich muß nicht im oberen Stockwerk schlafen?«

»Nein, nein, Dad baut dir dein eigenes kleines Nest, genau wie hier.«

Und dann packten sie ihren Kram und zogen los. Sam Whitelaw lieh ihnen für den Umzug seinen Lieferwagen, und er fuhr ihn auch.

Es war eine lange Fahrt – über hundert Meilen, und die meiste Zeit ging es durch ödes, leeres Land. Zuerst gefiel es Tessie. Sie schaute hinaus auf die grünen Wiesen und die Schafe, sie saß auf Tante Sarahs Schoß und sah aus dem Fenster. Aber als sie nach ein paar Stunden im Moor waren, fühlte sie sich elend, ihr Kopf war so heiß wie Feuer, und auch ihre Hände glühten. Sie beklagte sich nicht, aber sie fing an, vor Schmerz und Schwäche zu wimmern, dicke Tränen rollten ihr übers Gesicht, und Tante Sarah ängstigte sich zu Tode.

»Das Kind war noch nicht gesund genug für einen Umzug. Sie sollte im Bett sein. Was machen wir bloß?«

»Wir haben erst die Hälfte hinter uns«, sagte Mr. Whitelaw. »Wollen Sie irgendwo anhalten, Missis?«

Das Schlimmste war, daß es hier keine Häuser gab – meilenweit war kein einziges Gebäude zu sehen.

Sie fuhren weiter, und jetzt warf sich Tessie, die wieder phantasierte, von einer Seite zur anderen und weinte so, daß es ihrer Mutter fast das Herz brach.

Endlich sahen sie vor sich ein Licht – es war inzwischen dämmerig nach dem Sonnenuntergang an einem winterlichen Tag –, und sie kamen an ein kleines altes Haus, das ganz für sich und abseits der Straße an einem bewaldeten Hügel stand.

»Sollen wir hier halten und fragen, ob uns die Leute helfen?« schlug Mr. Whitelaw vor, und Tante Sarah sagte: »O ja, ja! Vielleicht haben sie ein Telefon und können einen Arzt holen. Oh, ich mach mir solche Sorgen! Es war falsch, dem Kind so bald eine Reise zuzumuten.«

Die beiden Männer gingen und klopften an die Tür, und jemand öffnete. Onkel Fred erklärte die Sache mit dem kranken Kind, und der Besitzer des Hauses – ein alter, weißhaariger Mann, sagte Tante Sarah – erklärte ihnen: »Ich hab kein Telefon, ich leb hier ganz allein. Aber ihr seid mir herzlich willkommen, kommt herein und legt die arme Kleine in mein Bett.«

Also trugen sie Tessie hinein – inzwischen war sie kaum noch bei Sinnen. Meine arme Tante stieß einen Schrei aus, als sie eintrat, denn das Haus war nicht mehr als eine Scheune oder ein Schuppen mit einem Boden aus festgetretener Erde und ein paar Bauernsachen darin, Karren und Körben und Rübenhaufen.

»Hier hinauf«, sagte der alte Mann und zeigte ihnen ein paar Steinstufen an der Wand.

Nun, da konnte man nichts machen; sie mußten hinauf.

Oben war es allerdings ganz ordentlich. Der Alte hatte zwei Räume, als Schlafzimmer und Küche eingerichtet, mit einem eisernen Herd, Vorhängen an den Fenstern und einem Bett, auf dem sorgsam gefaltete Decken lagen. Tessie war zu krank, um richtig zu merken, wo sie war. Sie legten sie aufs Bett, und der Alte setzte einen Kessel aufs Feuer – Tante Sarah meinte, das Kind brauche etwas Heißes zu trinken.

Onkel Fred und Mr. Whitelaw wollten mit dem Lieferwagen weiterfahren und einen Arzt holen, der Alte sollte ihnen nur sagen, wo.

»Sicher«, sagte er, »im Dorf gibt's einen Arzt – fünf Meilen von hier. Dr. Hastie – er ist ein guter Doktor, und er wird schnell genug kommen.«

»Wo sind wir hier?« fragte Onkel Fred. »Welche Adresse sollen wir ihm sagen?«

»Das weiß er schon«, sagte der alte Mann. »Dunkelwaldhof, das genügt.«

Sie fuhren davon, und der Alte ging zu Tante Sarah zurück, die versuchte, es der armen Tessie bequem zu machen. Das Kind warf sich hin und her, weinte und jammerte, es gehe ihr schlecht, der Kopf tue ihr so weh.

»Sie bekommt eine Tasse Tee von meinem Gänsefingerkraut. Das wird sie beruhigen«, sagte der Alte, ging in seine Küche und brühte in einem alten blau-weißen Krug eine grüne Flüssigkeit auf.

»Hier, Missis, versuchen Sie es mal damit.«

Ein Schluck oder zwei schienen die arme Tessie tatsächlich zu beruhigen, sie kam zu sich, schlug zum ersten Mal die Augen auf und sah den alten Mann.

»Wo sind wir hier?« Sie war so schwach, ihre Stimme war nur ein Flüstern.

»Du bist in meinem Haus«, sagte der Alte. »Und da bist du von Herzen willkommen, mein Kind!«

»Und wer sind Sie?« fragte sie als nächstes.

»Ich bin der alte Tom Mond, der Schäfer – der alte Großvater Mond. Du hast bestimmt nicht erwartet, daß du heute im Mondhaus schlafen würdest.«

Aber da stieß Tessie einen Schrei aus und wurde ohnmächtig. Nun, die arme Tante Sarah war völlig durcheinander. Sie versuchte, Tessie zu sich zu bringen, aber dabei erklärte sie Mr. Mond doch Tessies Angst vor dem oberen Stockwerk und den Grund ihrer Krankheit.

Still hörte er zu und dachte nach.

Dann setzte er sich an Tessies Bett und nahm ihre Hand in seine. Sie kam gerade zu sich und schaute ihn mit Augen voller Angst an. Tante Sarah kniete sich an ihre andere Seite.

»Also, mein Kind«, sagte Mr. Mond. »Du weißt, ich bin Schäfer, nie im Leben habe ich einem Schaf oder einem Lamm etwas angetan. Mein Beruf ist, mich um sie zu kümmern, verstehst du? Und ganz bestimmt werde ich dir nichts tun. Also fürchte dich nicht – es gibt nichts, wovor du Angst haben müßtest. Nicht beim alten Großvater Mond.«

Aber er konnte sehen, daß sie am ganzen Leib zitterte.

»Du hast dein Leben lang Angst gehabt, stimmt's, Kind?« fragte er sanft, und sie nickte, ja.

Da betrachtete er sie sehr aufmerksam ganz aus der Nähe, schaute ihr in die Augen, fühlte ihre Stirn und hielt ihre Hände. Und er sagte: »Hör, mein Kind, ich will dir keine Lügen erzählen. Ich habe noch nie gelogen – Schafe oder Lämmer kann man nicht belügen. Du glaubst doch, daß ich dein Freund bin und dein Bestes will?«

Wieder nickte sie, diesmal noch schwächer.

Er sagte: »Nun, Tessie, mein Kind, ich muß dir sagen, daß du sterben wirst. Und davor hast du dich dein Leben lang gefürchtet. Aber es war falsch von dir, dich deshalb so aufzuregen, Liebes, denn da gibt es keinen Grund zum Fürchten. Es tut nicht weh, es schmerzt nicht, es ist nur, als ob man durch eine Tür geht. Und ich weiß das«, sagte er, »denn ich habe viele, viele Schafe und Lämmer gesehen, die an Schwäche oder Kälte gestorben sind. Es bedeutet nicht mehr, als daß man in einem Leben einschläft und in einem anderen erwacht. Glaubst du mir, Tessie?«

Ja, nickte sie, mit der Spur eines Lächelns, und sie wandte die Augen Tante Sarah auf der anderen Seite des Bettes zu.

Und so starb sie.

Es war kalt auf der Überfahrt, aber ruhig; Frost lag in der Luft. Die Dunkelheit war schon hereingebrochen, als die beiden Amerikaner auf die Fähre kamen, dennoch blieben sie fast die ganze Strecke bis Rosslare an Deck. Sie beobachteten, wie der Himmel mit dem Meer verschmolz und dann allmählich in unregelmäßigen Abständen mit großen, glänzenden Sternen punktiert wurde. Irving sprach diesen Satz laut vor sich hin.

»Punktiert?« fragte Charley. »Was ist denn das für ein verrücktes Wort, Irv? Mit Sternen punktiert? Wie kann der Himmel mit Sternen punktiert sein?«

»Es kommt aus dem Lateinischen«, antwortete Irving gedankenverloren, »und bedeutet Einstiche, Punkte machen. Punzen hängt damit zusammen – mit einem meißelartigen Stempel erhabene Muster in Metall treiben oder in Leder stanzen. Auch Punktion kommt daher – es hieß ursprünglich: ein plötzlicher Schlag mit der Absicht der Aneignung.«

»Mensch, Irv, was du nicht alles weißt!« rief Charley bewundernd. »Ein plötzlicher Schlag mit der Absicht der Aneignung – so etwa?« Und er packte seinen Freund mit rauher Herzlichkeit.

»Hör auf – gleich fallen wir übers Geländer!« Irving warf einen raschen Blick zur offenen Tür des Salons, wo ein halbes Dutzend Passagiere mit Gläsern in der Hand herumstand und den klaren Himmel bewunderte. Wenn diese Leute nicht dagewesen wären ... Das Geländer war nicht sehr hoch. Aber sie *waren* da; Irving sagte zu Charley, ohne die Schärfe in seinem Ton zu unterdrücken: »Wenn wir auf der anderen Seite sind, denk bitte daran, dich nicht so auffallend zu benehmen. Den Iren gefällt das vielleicht nicht.«

»Ach, pfeif drauf, Irv, warum denn nicht?«

»Und nenne mich nicht Irv!«

Sein voller, wohlklingender Name war Irving Christopher St. John, seit neuestem noch bereichert durch das Attribut Professor. Er hatte festgestellt, daß auf dieser

Seite des Atlantiks der Zuname noch aristokratischer wurde, wenn man ihn »Sindschann« aussprach, und war entschlossen, ihn künftig so zu gebrauchen. Er glaubte kaum, es aushalten zu können, wenn Charley ihn weiterhin als »meinen Freund Irv Sankt John« bezeichnete.

»Tut mir leid, Bimbo«, sagte Charley nachgiebig. »Ich will versuchen, dran zu denken.«

Ein flüchtiger Lichtschein von der Schwingtür fiel kurz auf Charleys hoffnungslos plebejisches, unbedeutendes Gesicht, die glänzende Stirnglatze mit der strohblonden dürren Haartolle darüber und den hündisch bettelnden Augen. Sie waren auf den Freund geheftet, der neuerdings so wenig versuchte, seine Gereiztheit und Langeweile zu verbergen.

»Komm, laß uns um Gottes willen etwas essen, bevor uns diese Typen den letzten Krümel an Bord wegschnappen.«

Zwei Busladungen irische Sportfans kehrten von einem internationalen Turnier in Wembley zurück. Sie trugen bunte Papiermützen, sangen und lachten lauthals und stellten sich in Zehnerreihen nach Bier an, sobald es so aussah, als würde die Bar demnächst geöffnet. Jetzt hockten einige von ihnen wie Überbleibsel nach einem Sturm im Salon und sangen »In der schönen Stadt Dublin«, während andere, zwei Glas Bier in der Hand, zielbewußt zur Cafeteria steuerten. Als Irving und Charley endlich bis zur Theke vorgedrungen waren, gab es nur noch Fisch und Frites.

So war es während der ganzen Überfahrt – Erbrochenes auf den Toiletten, leere Bierdosen auf dem Boden. Als die Fähre anlegte und die Passagiere zum Autodeck hinuntergingen, um wegzufahren, kam es zu einer endlosen Warterei, weil ein betrunkener Sportsfreund verlorengegangen war. Er schlief irgendwo seinen Rausch aus, den er sich aus Zorn über die Niederlage seiner Mannschaft angetrunken hatte, statt sein Auto vorn an der Rampe zu entfernen. Irving am Steuer ihres Leihwagens in der muffigen, lauten Höhle, die vom Motorengeräusch vibrierte und von Abgasen dampfte, hätte am liebsten vor Wut über die Verzögerung laut geschrien. Er fürchtete, wenn sein Plan noch einmal gestört würde, könnte er durchdrehen und etwas Wahnsinniges und Unwiderrufliches tun.

Wenn wir nur erst mal an der Westküste sind, dachte er.

Endlich waren sie draußen und fuhren schnell, aber vorsichtig durch die neblige irische Nacht.

»Es ist so spät, ich finde, es lohnt sich nicht mehr, ein Hotel zu suchen«, sagte Irving. »Wir bekämen nur noch die halbe Nachtruhe, für die wir bezahlen müßten, es wäre Geldverschwendung. Warum fahren wir nicht einfach durch auf die andere Seite? Die Mitte von Irland ist sowieso langweilig, die können wir geradesogut in der Dunkelheit hinter uns bringen. Ich fahre gern, wenn du schlafen willst.«

Charley war natürlich völlig einverstanden, doch er bestand darauf, ebenfalls sein Pensum zu fahren.

»Wie du willst, Irv. Wenn's dir recht ist, fahre ich als erster.«

»Nein, ich fahre zuerst. Ich bin jetzt hellwach. Schlaf du.«

»Wirklich? Ganz bestimmt? Okay, wie du willst, Bimbo«, sagte Charley fügsam, drehte seinen Sitz zurück und wickelte sich in die Decke, die sie mitgebracht hatten. Bei gutem Wetter wollten sie ein Zelt aufschlagen, sonst auf Bauernhöfen, in Hotels oder Privatzimmern übernachten, ganz, wie es sich ergab. Sie hatten vor, die Sehenswürdigkeiten der Westküste zu besuchen, geruhsam nach Spuren von Irvings Vorfahren zu suchen (die angeblich aus einer kleinen Stadt namens Lismaley im County Clare gekommen waren) und dann ohne Eile nach Dublin zurückzukehren, wo Irving wenig später sein Jahr als Austauschdozent von der Universität Chicago beginnen sollte. Er würde im Trinity College amerikanische Literatur lesen. Ein angenehmes, friedliches Ferienprogramm, für das sie zwei Wochen vorgesehen hatten.

Von Anfang an war es nicht Irvings Absicht gewesen, Charley nach Dublin mitzunehmen.

»Ich halte es wirklich für besser, Charley, wenn du nicht mitkommst. Ein Jahr ist nicht lang. Und es würde dir guttun, auf eigenen Füßen zu stehen. Du könntest dich endlich einmal auf irgendein Studium konzentrieren.«

Charley hatte ihn einfach nicht ernst genommen. »Nun laß schon, Bimbo, du machst wohl Witze! Nicht nach Dublin mitkommen? Du spinnst! Das ist alles, was ich will. Endlich die alte Heimat sehen.« (Charleys Vorfahren waren aus Schweden gekommen.) »Ich werd dich schon nicht stören, alter Freund. Mach dir bloß keine Sorgen um den kleinen alten Charley.«

»Aber was willst du machen?«

»Kümmer du dich nicht um den alten Chas. Ich finde schon was – in einer Kneipe oder einer Wäscherei oder sonstwo. Ich krieg immer einen Job«, sagte Charley mit einfältigem Stolz, und es stimmte: Er war bereit, überall anzupacken, Langeweile schreckte ihn nicht, und so konnte er an einer Drehbank arbeiten, am Fließband, konnte Babys hüten oder Lebensmittel austragen. Der duldsame, gutartige, anspruchslose Charley war zu jeder Arbeit fähig, mochte sie auch noch so niedrig sein.

Früher war das von Vorteil gewesen. Er hatte unentwegt geschuftet und sich nützlich gemacht, hatte Irvings Wohnung renoviert, stundenlang alte Möbel mit Sandpapier abgeschliffen oder Tapeten angebracht. Jetzt verschlimmerten seine dumme Sanftmut und seine Gutmütigkeit nur noch alles.

Ein vernebelter Vollmond stieg hinter ihnen auf. Mit zusammengekniffenen Lippen fuhr Irving weiter. Außer ihnen war niemand unterwegs. Meilenweit war keine menschliche Siedlung; ungepflegte Hecken, mit Heu überstreut, das von Bauernwagen gerutscht war, erstreckten sich endlos zu beiden Seiten der Straße.

Charley schlief den Schlaf der Gerechten; mit offenem Mund schnarchte er leise, unter der Decke zusammengerollt wie ein Kind und völlig entspannt in der beruhigenden Gewißheit, daß sein Freund am Steuer saß.

Und Irving fuhr mit zusammengezogenen Brauen weiter durch Wexford und County Cork und Limerick. Die lange zwanghafte Analyse seines Problems hatte die Lösung nicht einfacher gemacht, nur dringlicher; er sagte sich immer wieder, daß er Charley loswerden mußte. Diese Blamage, dieses Gefängnisleben konnten nicht andauern. Seine neuen Kollegen in Dublin durften den ersten Eindruck von ihm nicht als Charleys Freund, Charleys Gönner gewinnen. In dem riesigen Chicago war es etwas anderes gewesen; das Chaos einer solchen Stadt machte jedes Leben anonym und deshalb frei. Doch bei seinem Vorstellungsbesuch in Dublin hatte er sofort gespürt, daß es hier eine kleine, aufmerksame, wachäugige, redselige Clique gab, die nur darauf wartete, sich auf jedermanns Schwächen zu stürzen, sie ausgiebig zu diskutieren und sie dann entweder mit prüder Ablehnung oder mit lüsterner Duldsamkeit zu beurteilen; beides erschien ihm unerträglich. Nein, es mußte eine klare Trennung geben, und Charley mußte das akzeptieren.

Am Morgen waren sie schon ziemlich weit im Westen. Sie frühstückten in Limerick, einer grauen, lebendigen Stadt, von Kirchtürmen gekrönt. Charley murrte, er könne kein Wort verstehen, das die Iren sagten, doch Irving war von ihren Gesprächen entzückt und stellte häufig Fragen, um den absurden, poetischen Sprachfluß hervorzulocken, der so leicht von Thema zu Thema spülte.

»Aber ja, mein Herr! Und Sie wollen tatsächlich Irlands Hinterstube besuchen? Und Sie geben die Hoffnung nicht auf, daß Sie einen kleinen, von Gott beim Träumen vergessenen Ort wie Lismaley finden – und das von hier aus, wenn ich fragen darf? Ich sage Ihnen, das geht nicht an! Beim Himmel, da bleiben Sie doch lieber in Limerick, das ist, wie jeder weiß, die schönste Stadt im Westen, und genießen Ihr Leben, solange Sie noch Zeit dazu haben!«

Trotz dieses Ratschlags waren sie um die Morgenmitte wieder unterwegs und fuhren an den nördlichen Ufern der Shannon-Mündung entlang. Irving war in seine Gedanken vertieft, dennoch hatte er Freude an diesem friedlichen kleinen Land – den Weiden- und Fuchsienhecken, der einsamen Stille, den grünbewachsenen Felsen an der Küste, den Schwänen und Möwen, die auf den Fluten freundschaftlich zu wetteifern schienen. Doch Charleys Gegenwart reizte ihn mehr denn je. Wie konnte ich nur so lange sein Gerede ertragen, fragte sich Irving angewidert bei Charleys pubertären Witzen, albernen Kommentaren und sinnlosen Fragen.

»Warum sehen die irischen Dörfer so arm aus? Warum reparieren sie denn nicht ihre zerfallenen Kirchen – das ist jetzt schon die sechste seit dem Mittagessen. Warum gibt's hier bloß keine Fabriken?«

Charley konnte keine Karte lesen, und Wegweiser verwirrten ihn. Er kapierte nicht das Prinzip, nach dem eine Tafel mit zwei aufgeführten Orten, die in entgegengesetzter Richtung lagen, auf eine kommende Straßengabelung hinwies – »Aber Irv, hier kann's doch nicht nach Dublin *und* nach Kilkee gehen? Dublin liegt ganz im Osten, und Kilkee sollte vor uns sein, ich versteh das nicht, Irv.«

Folglich verfuhren sie sich ständig und mußten anhalten, um die Karte zu studieren. Ich gäbe alles für einen Mitfahrer, der diese Reise versteht, dachte Irving wütend und fragte sich dann, wie dieser Mitfahrer beschaffen sein müßte. Ein stiller, zurückhaltender, intelligenter Mensch, jemand, der das Land kannte und es erklären konnte, nicht dieses Vakuum aus Unwissenheit und gewolltem dreisten Humor.

»Mann, ich hab Hunger, ich könnte ein Pferd aufessen, Bimbo«, stieß Charley plötzlich am späten Nachmittag hervor. »Hast du denn keinen Hunger, Bimbo? Was hältst du davon, wenn wir uns so langsam ein Nachtquartier suchen?«

»Warum hast du das nicht in Killane gesagt?« fragte Irving kühl.

»Um Gottes willen, Irv. Das war ein fürchterliches Loch. Im ganzen Kaff gab's keine ordentliche Kneipe.«

Irving war von Killane recht angetan gewesen: ein geheimnisvoller kleiner Hafen, so still wie der Tod, kein Mensch unterwegs auf der unerhört breiten Hauptstraße, die zu ein paar offenbar nicht mehr benutzten Lagerhäusern führte. Wenn es ihm nicht so wichtig gewesen wäre weiterzukommen, hätte er den Ort gern näher erkundet. Doch wie ein Zugvogel war er leidenschaftlich darauf bedacht, in Bewegung zu bleiben, keinen Augenblick zu rasten, die Stelle zu erreichen, wo das Land plötzlich aufhörte.

»Na, hier sieht es nicht so aus, als könnten wir ein Bett finden.«

Charley saß am Steuer, und sie überquerten gerade ein riesiges Torfmoor, von dessen oberster Schicht in gleichmäßigen Abständen schwarze Streifen abgetragen worden waren, die jetzt in Stapeln dalagen; es war ein verlassener, düsterer Landstrich.

»Was wollen sie bloß mit all dem Torf?« fragte Charley.

Nach einer weiteren Fahrtstunde erreichten sie endlich Ballybaha, ein Dorf mit verstreut liegenden Häusern, das melancholisch aussah. Die schiefergedeckten, einstöckigen Gebäude lagen hinter Fuchsienhecken, die hin und wieder den Blick auf das Meer hinter den Sanddünen in der Ferne freigaben.

»Wer zum Teufel möchte hier leben?« fragte Charley verstimmt. »Warum gibt's denn hier keine hübschen Dörfer, wie wir sie in England gesehen haben? Mit Tudorhäuschen und Reetdächern?«

»Die Iren waren zu arm«, erklärte Irving. »Sie wohnten in Lehmhütten, als die Engländer diese Tudorhäuschen bauten – und die Iren zahlten an sie Steuern. Die einzigen dörflichen Artefakte, die aus jener Zeit erhalten sind – die einzigen Gegenstände, die durch andauernden Gebrauch nicht kaputtgingen –, sind die Sachen, die ins Moor gefallen sind.«

Moor, dachte er plötzlich. Warum bin ich darauf nicht gekommen? Aber der Sommer war kalt und ungewöhnlich trocken gewesen; die Moore, die sie gesehen hatten, schienen zu einer Substanz eingetrocknet zu sein, die an dunkles Früchtebrot erinnerte. Außerdem ist ein Moor zu unsicher, seine Umarmung ist unvollständig, was es nimmt, kann es wieder zurückgeben. Während vor ihnen, weiter vor ihnen ...

»Hier bieten sie Zimmer mit Frühstück an«, sagte Charley triumphierend.

»So? Und ist es gut genug für dich?« fragte Irving kalt.

»Na klar. Für mich ist alles gut genug, das weißt du doch, Irv.«

Charleys gute Laune war ungetrübt, er steuerte den Wagen von der Straße auf einen ungepflasterten Platz vor dem großen Bungalow, an dem ein Schild verkündete: »Pension Inishkeen. Vorzügliche Zimmer mit Frühstück. Feriengäste willkommen.«

»Was verstehen die unter vorzüglichen Zimmern, Bimbo?«

»Passend für seriöse Fremde wie wir. Gib mir den Schlüssel, und ich hole unsere Koffer.«

Aber Charley bestand darauf, das selbst zu tun – wie immer. Als Irving ihm zusah, wie er sich bückte und den Kopf mit dem geröteten Gesicht unter den geöffneten Deckel des Kofferraums steckte, hatte er den wilden Wunsch, wieder in den Wagen zu springen, davonzufahren und ihn in Ballybaha ohne alles zurückzulassen.

Die stille, vornehme, traurige Dame, die die Pension Inishkeen führte, empfing sie ohne Kommentar und versprach eine Mahlzeit um sieben.

»Wenn Sie bis dahin etwas zu trinken wünschen, wird man Sie gern im ›Anglers' Arms‹ bedienen.«

Also gingen die beiden Reisenden, da das Zimmer winzig und die Diele unwirtlich waren, später die breite, leere, staubige Straße entlang bis zu einem wenig einladend wirkenden Lokal an der Kreuzung mitten im Dorf. Unterwegs sahen sie überrascht nicht weit von der üblichen grauen Kirchenruine ein verblüffend avantgardistisches modernes Gebäude, offenbar der zeitgenössische Nachfolger des zerfallenen Gotteshauses. Es war sechseckig und niedrig, vermutlich sollte es sich an die windgepeitschte Erde schmiegen, hatte jedoch ein merkwürdig zugespitztes und verwinkeltes Dach aus rotem Schiefer. Die Fenster waren schmale Schlitze wie bei einer Wehrburg, und mitten auf dem Dach saß eine kurze Zacke. Das sollte wohl der Turm sein.

Wie eine Antenne, dachte Irving, zum Empfang von Botschaften aus höheren Regionen.

Charley sagte, wie zu erwarten war: »Mensch, das ist vielleicht ein verrückter Bau! Ist das eine Kirche? Sieht aus wie so ein Papierboot, wie wir sie als Kinder gefaltet haben – weißt du, was ich meine?«

Irving wußte es, doch er sagte: »Ich habe nie mit Papierbooten gespielt.«

»Wollen wir es uns anschauen?«

»Ich möchte lieber etwas trinken. Außerdem ist es zu dunkel, als daß wir viel sehen könnten.«

»Okay, Bimbo – du hast recht, wie immer.«

Zu dieser frühen Stunde waren sie die einzigen Gäste an der Theke und genossen die ungeteilte Aufmerksamkeit des weißhaarigen Wirts. Thomas Roche sei sein Name, erzählte er, und glücklich sei er, Fremde von der anderen Seite des Atlantiks kennenzulernen; sicher, sein Bruder lebte in Boston und sein Vetter in Cleveland, aber er selber hatte nie das Wasser überquert, und was durfte er ihnen bringen? Charley, nur ein gelegentlicher Trinker – gewöhnlich hielt er sich an Cola –, bestellte einen Sherry, der abschreckend aussah; Irving nahm einen Whisky. Seine schöne Trockenheit stärkte ihn, und höflich beglückwünschte er den Wirt zu der bemerkenswerten modernen Kirche, ganz ungewöhnlich für so eine kleine Gemeinde. Zu ihrer Überraschung verdüsterte sich Mr. Roches Gesicht.

»Ein bemerkenswertes Gebäude kann man sie schon nennen, und Jahr um Jahr fließt das Herzblut vom ganzen Dorf hinein!« Offenbar konnte er sich kaum zurückhalten, davon zu erzählen, und ein paar Fragen förderten die ganze Geschichte zutage: Wie vor fünf Jahren, als in einem Wintersturm die alte Kirche schließlich eingestürzt war, der Priester, Vater Hegarty, einen Architekten den ganzen Weg von Dublin hergeholt hatte, damit er ihnen einen Kostenvoranschlag machte – der Architekt war ein Freund des Priesters, kapiert? –, und wie dieser feine Herr mit einer Zunge so lang wie sein Metermaß die ganze Gemeinde verhext hatte, so daß sie ihm glaubten, als er sagte, für zwanzigtausend könnte er ihnen die schönste Kirche im Westen von Irland bauen. »Zwanzigtausend! Lange wird seine Seele im Fegefeuer weinen wegen dieser Lüge! Wirklich, man könnte meinen, alle, die ihm geglaubt haben, waren nicht bei Verstand.«

»Wie viele Einwohner hat das Dorf?«

»Dreihundert, wenn's hochkommt.«

»Was ist dann geschehen?«

»Seine Ehrwürden der Bischof hat den Plan genehmigt, und sie fingen mit der Arbeit an. Eine tolle Leistung war das! Nur haben sie drei Jahre länger gebraucht, als vorgesehen war, und es hat fünfmal soviel gekostet. Und den Ärger, den es mit dem Bau gab, können Sie sich gar nicht vorstellen. Zweimal ist der Turm heruntergefallen, bis sie sich mit dem Ding begnügen mußten, das Sie jetzt sehen können. Dreimal ist das Fundament unter ihnen eingesunken! Die Heiligen seien gepriesen, man hat sich gefragt, ob die Kirche vor dem Jüngsten Tag noch fertig wird! Und als sie endlich fertig war, was glauben Sie, war dann? Dann haben sie festgestellt, daß Vater Hegartys feiner Freund die Heizung vergessen hat, und da mußten sie noch mal alles einreißen.«

»Ist die Kirche jetzt fertig?« fragte Irving.

»Das ist sie, das ist sie, was immer das wert sein mag. Und jetzt ist sie kaum groß genug für all die Sommerbesucher, und im Winter klappert und rumort die teure Heizung so, daß man Vater Hegartys Stimme kaum hört – und trotzdem ist man meistens bis zum Ende der Messe halb erfroren in seiner Haut. Und was die Rückzahlung der hohen Schulden angeht, in die der Bau das Dorf gestürzt hat, so müssen wir damit warten, bis unsere Kindeskinder ihre Löhne nach Hause bringen, und ist das nicht schändlich? Welch eine Last hat man da den armen Leuten auferlegt!«

Mr. Roches Augen blitzten zornig. Wenn Vater Hegarty die geistige Kraft im Dorf darstellte, so war Mr. Roche, der Kneipenwirt, sein weltlicher Hauptgegner, das begriffen die beiden Amerikaner bald. Er redete weiter und immer schneller, erzählte ihnen, wie das Geld den Dorfbewohnern in Münzen und Scheinen für den Kirchenfonds aus der Tasche gezogen wurde, wie Vater Hegarty sofort zur Stelle war und eine Extraspende verlangte, wenn dieser eine Ladung Heu verkauft hatte oder jener einen guten Preis für ein paar Fische bekommen hatte. »Es ist eine Zumutung und ein Betrug, finden Sie nicht auch?«

Irving, den das Thema schon eine Zeitlang langweilte, sagte zuvorkommend, es scheine ihm tatsächlich eine große Vergeudung zu sein, doch jetzt müßten sie zurück zu ihrer Pension, weil Mrs. Kelleher mit dem Abendessen auf sie wartete.

»Kommen Sie später wieder her, und ich erzähle Ihnen mehr.«

Da sei Gott vor, dachte Irving. Er erklärte, daß sie nach einer schlaflosen Nacht Ruhe nötig hätten, und sie entkamen. Zu seiner Überraschung sah Charley etwas verstimmt aus.

»Du wolltest doch nicht etwa bleiben und noch mehr Geschwätz über die Untaten der Seelsorger hören?« fragte Irving, als sie auf der breiten, leeren Straße waren.

»Ich fand es interessant. Diese Priester stecken alle unter einer Decke und linken die Leute«, murrte Charley. »Die machen, was sie wollen ...«

Den ganzen Weg zurück zur Pension verfolgte er das Thema. Irving, Kinn auf der Brust und Hände in den Taschen, hörte kaum zu. Bald ist es soweit, dachte er. Und seine Gedanken eilten voraus zu den Klippen vor ihnen, den Klippen von Scath, wo das Land plötzlich aufhört, als wäre es von einem Fallbeil abgetrennt. Dreihundert Meter senkrechter schwarzer Fels. Die Große Wand von Thomond. Das ist die Stelle. Morgen. Schluß mit alldem.

In dieser Nacht schlief er unruhig und warf sich auf dem schmalen, klammen Bett von einer Seite zur anderen; Charley auf der anderen Seite des Zimmers schnarchte friedlich auf dem Rücken, die geballten Fäuste über dem Kopf wie ein Baby. Wenn Irving schlief, plagten ihn Träume: Er mühte sich ab, einen großen steinernen Turm zu bauen, doch in dem Sturm, der aufgekommen war, lösten sich immer wieder Felsbrocken und donnerten bösartig auf ihn herunter. Dann schwankte der ganze Turm über ihm hin und her; er schaffte es gerade noch aufzuwachen, bevor der wankende Bau ihn unter sich begrub. Jetzt stellte er fest, daß sich tatsächlich ein Sturm erhoben hatte; konnte das seine Pläne beeinträchtigen? Um so besser, entschied er. Niemand macht im Sturm einen Ausflug. Und endlich fiel er in einen tiefen Schlaf.

Als er erwachte, war Charly schon auf, rasierte sich und pfiff dabei vor sich hin; diese Angewohnheit, halb tonlos ohne Melodie zu pfeifen, reizte Irving gewöhnlich bis zum Wahnsinn, doch heute konnte er es ertragen. Zum letztenmal, dachte er.

Nach dem Frühstück, als sie die Rechnung bezahlt hatten, bestand Charley darauf, die neue Kirche zu besichtigen.

»Was soll das? Du weißt doch schon alles darüber.« Irving brannte vor Ungeduld wegzukommen.

»Nach allem, was er gesagt hat, möchte ich sie sehen, Irv. Zum Teufel, immer beklagst du dich, daß ich kein Interesse an den Sachen zeige.«

»Interesse an Sachen, die wichtig sind, um alles in der Welt!«

»Na gut, das ist mir wichtig«, sagte Charley verbissen. Widerwillig begleitete Irving ihn. Der Sturm hatte sich inzwischen ausgetobt; nasse Blätter, Fuchsienzweige und Heubüschel bedeckten den Boden, in der Luft lag ein schwerer, feuchter Nebel. Wir werden die Aran-Inseln nicht sehen können, dachte Irving bedauernd.

Vor der Kirche kehrte eine große, schwarzgekleidete Gestalt den gepflasterten Pfad. Das muß der verruchte Vater Hegarty sein, dachte Irving, der Ausbeuter des Volkes. Mal sehen, wie Charley mit ihm fertig wird.

Der Priester richtete sich auf, warf ihnen einen prüfenden Blick zu und lächelte höflich. Er war ein kräftiger Mann, vielleicht in den Vierzigern, mit einem gütigen Gesicht, das wenig von seinen Gedanken verriet, mit scharfen, grauen, ziemlich kleinen Augen, die eng bei der Nase standen. Er schien mit sich ganz zufrieden zu sein, und das ist kein Wunder, dachte Irving. Er hat ja Ansehnliches erreicht. Allerdings wäre es interessant zu wissen, welcher offizielle Vorgang ihn hierher gebracht hat; er sieht aus wie ein fähiger Mann, dessen Gaben in dieser winzigen Gemeinde vergeudet sind. Schicken sie Priester nicht als Strafmaßnahme in so abgelegene Orte?

»Guten Morgen, Vater«, sagte er. »Wir waren gestern abend von Ihrer Kirche beeindruckt und wollten sie bei Tageslicht näher anschauen.«

»Seien Sie mir willkommen, alle beide.« Sein Blick wanderte über sie; was dachte er von zwei Feunden, die so wenig zueinander paßten? Die aufmerksame Musterung machte Irving unruhig, und er war froh, in die Kirche zu kommen und die erwarteten Geschmacklosigkeiten zu betrachten: die imitierten byzantinischen Mosaiken, die ungeschickt gemalten Kreuzwegstationen, die protzigen abstrakten Fenster, die kitschigen geometrischen Leuchten, das Kruzifix aus Beton mit seiner Karikatur eines Christus ... Der ganze Raum hatte eine Atmosphäre aufdringlicher Verlogenheit, dachte er, wie ein Mädchen, das zum erstenmal mit Schminke und Zigarette seine Mutter schockieren will.

Und da war noch etwas. Irgendwas Seltsames, Falsches, das sich lustig zu machen schien ...

Charley natürlich war von allem sehr beeindruckt. Er ging in jede Ecke, besah sich jede Einzelheit.

»Donnerwetter!« murmelte er. »Die haben für ihr Geld schon was gekriegt, selbst wenn es aus ihnen herausgepreßt worden ist.«

»Es ist eine trostlose, verlogene Scheußlichkeit. Noch schlimmer. Irgendwas stimmt hier nicht. Komm, nichts wie raus.«

Irving ging zur Tür und versuchte nicht zu verbergen, welchen Ekel – welches Entsetzen – die Kirche in ihm geweckt hatte. Bedauerlicherweise kam in diesem Augenblick der Priester herein und fragte, nachdem er sich vor dem Altar verneigt hatte, was sie von dem Gebäude hielten.

»Sehr bemerkenswert«, sagte Irving. Vater Hegarty warf ihm einen raschen Blick zu.

Charley platzte heraus: »Es ist ein großartiger Bau – das muß ich zugeben! Nur, seien Sie mal ehrlich – war er es wirklich wert, daß Sie aus diesen armen Leuten all die Moneten herausgepreßt haben? Hätte es eine einfache Holzhalle nicht auch getan, in der die Kinder bei Regenwetter Volleyball oder sonstwas spielen könnten?«

Irving wünschte, er hätte Charley einen Tritt geben können. Doch der Priester war nicht im geringsten beleidigt. Offenbar war er an diese Kritik gewöhnt; in der Diskussion, die nun folgte, blieb er liebenswürdig und gütig, während Charley immer aufgeregter wurde. Irving, der nichts damit zu tun haben wollte, stand lächelnd und mit hochgezogenen Augenbrauen beiseite, während Charley, wie zu erwarten war, von Vater Hegartys geschulter Argumentation bald in die Enge getrieben wurde.

»Bedenken Sie, wofür würden die Leute sonst ihr Geld ausgeben? Ist es nicht am besten, seinen Wohlstand zum Ruhm Gottes hinzugeben?« In seinem Lächeln lag leichte Ironie.

»Ein paar Bequemlichkeiten – Zerstreuungen – in diesem abgelegenen Nest«, murmelte Charley.

»Und was würde in fünfzig Jahren von diesen Annehmlichkeiten und Vergnügungen übrigbleiben? Wer würde sich daran erinnern, daß Mrs. O'Brien einst ein Fernsehgerät besaß? Doch diese Kirche wird Generation um Generation überdauern.«

Wirklich? fragte sich Irving skeptisch.

»Glauben Sie nicht, daß die Erbauer von Chartres, von Burgos, vom Petersdom zu ihrer Zeit auf ein paar Annehmlichkeiten und Freuden verzichteten – zu Recht, wie das Ergebnis zeigt?«

»Ich bitte Sie, Vater, das können Sie doch kaum vergleichen ...«, warf Irving unbedacht ein und empfing einen so rasiermesserscharfen Seitenblick aus den kleinen grauen Augen, daß er verstummte. *Und was um alles in der Welt war das kleine Ding an der Uhrkette des Priesters?*

Vater Hegarty sagte verbindlich: »Wir können nur unser Bestes tun und hoffen, daß es den Beifall künftiger Generationen findet. Und den unseres Herrn! Aber erzählen Sie mir jetzt doch etwas über sich selbst. Ich sehe sofort, was Sie sind ...« Er gestattete sich den Bruchteil einer Pause und fügte hinzu: »Sie kommen aus Akademikerkreisen, nicht wahr?«

»Ja klar, mein Freund ist Professor«, sagte Charley und war wieder so eifrig wie ein zutraulicher Hund. »Er wird ein Jahr lang im College in Dublin unterrichten ...«

»Tatsächlich? Von der Universität Chicago? Und Sie werden ein Jahr in Dublin verbringen? Sind Sie nicht ein glückliches Paar? Und Professor St. John« (Vater Hegarty sprach es Sindschann aus) »sucht außerdem nach Spuren seiner Vorfahren, das ist höchst interessant. Also sehen wir Sie vielleicht öfter hier?«

»Möglicherweise«, sagte Irving und schwor sich, nie mehr einen Fuß in das Dorf Ballybaha zu setzen. Etwas in Vater Hegartys Fragen war ihm höchst unbehaglich: eine Spur gönnerhafter Belustigung, als wollte der Priester sagen: »Glaub doch keinen Moment, daß du mich zum Narren halten kannst! Ich durchschaue dich.«

Aber ich durchschaue dich auch, dachte Irving.

»Und jetzt müssen Sie sich ins Gästebuch eintragen.«

Charley schrieb sofort seinen Namen und steckte eine Pfundnote in die Opferbüchse. Irving vergaß absichtlich beides, als Charley naiv fragte: »Unser Streit hat Sie doch nicht gekränkt?«

»Bestimmt nicht! Es ist immer ein Vergnügen, mit Besuchern zu reden – leider habe ich nicht viel Zeit dafür. Und wohin führt Ihr Weg Sie jetzt, wenn ich fragen darf?«

»Oh, wir gehen nach Lismaley«, sagte Charley. »Aber Irv will zuerst noch die Klippen von Scath sehen. Ich nicht! Ich bin nicht schwindelfrei.«

»Tatsächlich? Nun, ich hoffe, die Sicht wird klarer. Die Klippen können ein großartiger Anblick sein. Jetzt muß ich weg – ich habe ungefähr zwanzig Besuche zu erledigen. Ich lege täglich bis zu fünfzig Meilen zurück ...«

Er brachte sie zum Ausgang und nickte einen höflichen Gruß, als er sein Fahrrad bestieg, das an der Kirchhofmauer gelehnt hatte, und davonfuhr.

»Der Knabe ist in Ordnung, stimmt's?« sagte Charley.

Irving antwortete kalt: »Meiner Meinung nach ist er ein Scharlatan.«

»Immer zu Späßen aufgelegt, Irv.« Charley rülpste und schlug seinem Freund auf die Schulter.

Als sie die Küste entlangfuhren und der Nebel kam und ging, hatten sie von Zeit zu Zeit einen Ausblick auf ihr Ziel. Von der Höhe einer Landzunge aus wurde der Blick auf die geschwungene Küstenlinie vor ihnen durch einen dicken schwarzen Riegel über dem Horizont unterbrochen, der plötzlich in der Mitte abbrach wie ein Arm mit einer geballten Faust. Ein schwarzer Arm.

»Großer Gott«, murmelte Charley. »Und das ist eine Klippe? Wie weit ist es noch?«

»Oh, etwa zwanzig Meilen.«

»Müssen wir wirklich dort hin, Irv? Ich hab mir noch nie viel aus dem Empire State Building gemacht ...«

»Selbstverständlich müssen wir hin. Diese Klippen gehören zu den berühmtesten Sehenswürdigkeiten des ganzen Landes.«

»Na gut, okay. Hör mal«, Charley wandte sich einem vergnüglicheren Thema zu, »dieser Priester war eigentlich nicht übel, was? Er ist nicht wütend geworden, weil ich anderer Meinung war.«

»Das gehört zu seinem Beruf. Außerdem wollte er dein Geld. Er hatte kein Interesse daran, dich zu seinem Feind zu machen.«

»Ja, wahrscheinlich«, sagte Charley langsam. »Für ihn waren wir reiche Amis. Er schien über die Professorengehälter an amerikanischen Universitäten Bescheid zu wissen, stimmt's? Glaubst du wirklich, daß er einen Vetter an der Uni Chicago hat?«

»Oh, kann schon sein. Irische Familien sind sehr groß.«

»Du hättest ihm eine Spende geben sollen, Irv.«

»Warum? Ich muß seine prätentiöse Kirche nicht unterstützen.«

»Warum nicht, wenn du sie für prächtig hältst?«

»Prätentiös, Charley, heißt anmaßend.«

»Ach, wirklich?«

Irving machte sich nicht die Mühe, seine wahren Gefühle über das Gebäude und seinen Sinn auszusprechen.

In Fraktur geschriebene Wegweiser dirigierten sie jetzt zu den Klippen von Scath. »Was Scath wohl heißt?« fragte Charley gelangweilt.

»Oh, sie war die Königin der Dunkelheit«, antwortete Irving kurz.

Nach einer weiteren halben Stunde Fahrt kamen sie zu dem öffentlichen Parkplatz. Er war, wie Irving gehofft hatte, leer. Das Wetter war regnerisch geworden, die Urlaubszeit in jedem Fall vorbei. Der Parkplatz erstreckte sich bis nah an den Rand der Klippe. Ein Pfeil zeigte zum Souvenirladen; doch, Irving sah es befriedigt, darüber war ein Schild geklebt mit der Aufschrift: »Im Winter geschlossen«.

»Was hältst du davon, wenn wir was essen, bevor wir uns die Klippe angucken?« sagte Charley. Er schwitzte leicht und fuhr sich mit der Hand über die glänzende Stirn. »Du weißt, wie mir an einem Abgrund zumute ist, Bimbo – ich glaube, mit einem hartgekochten Ei im Magen würde ich es besser überstehen ...«

»Verdammt, Charley! Wir haben schon so viel Zeit vertrödelt, als wir in der miesen kleinen Bank Schecks einlösten ...«

»Bitte, Irv.«

»Na gut.« Schließlich, dachte Irving, war es zum letztenmal.

Der Nebel war zu dick, feucht und kalt für ein Picknick im Gras; sie saßen unbequem im Wagen und aßen das Knäckebrot und die hartgekochten Eier, die Mrs. Kelleher ihnen mitgegeben hatte. Irving erstickte fast an seiner Ungeduld; jeden Augenblick konnte jemand kommen und ihm seine Chance verderben. Bei diesem Wetter war es allerdings nicht sehr wahrscheinlich.

Als Nachtisch zog Charley zwei Tafeln Schokolade hervor, die er im Dorf gekauft hatte; er hatte eine kindliche Vorliebe für Süßigkeiten.

»Willst du einen Bissen, Irv? Nein? Bestimmt nicht?«

Er hatte auch einen kleinen Kuchen gekauft und hackte mit einem Plastikmesser, das von der Fähre stammte, darauf herum, wobei er wiederholte, was er bereits auf dem ganzen Weg durch Irland beanstandet hatte: »Mann, Irv, warum um alles in der Welt hast du mich nicht daran erinnert, daß ich mein Schweizer Armee-Messer mitnehme? Das könnten wir jetzt brauchen. Dieses Ding da taugt nichts.«

Auch das werde ich nicht mehr hören müssen, dachte Irving gleichgültig. Er schaute hinunter auf das Zickzack der leeren Straße, die zum Parkplatz führte, und sagte: »Auf jetzt, Charley. Ich glaube, der Nebel verzieht sich etwas. In einer Minute werden wir die Aran-Inseln sehen können. Leg das Zeug in den Kofferraum, dann gehen wir.«

Recht langsam, recht zögernd packte Charley die Reste der Mahlzeit in eine Plastiktüte, ging um den Wagen herum und öffnete den Deckel zum Kofferraum.

»Verstau das gut zwischen den Taschen«, sagte Irving. »Ich kann es nicht leiden, wenn beim Fahren die Milchflaschen hinten herumrollen.«

Er berechnete sorgsam den Moment, in dem Charley seinen Auftrag ausgeführt hatte und Kopf und Schultern zurückzog. Mit aller Kraft schlug er den Kofferraumdeckel herunter, so daß die scharfe Kante genau Charleys Schädel erwischte und ihn zersplitterte, als wäre er eines der hartgekochten Eier, die sie gerade gegessen hatten.

Irving hielt einen großen Plastiksack bereit. Rasch schaute er sich um – immer noch war kein Auto zu sehen oder zu hören –, zog den Sack über Charleys Kopf, lud sich mit Mühe die Leiche auf die Schultern – zum Glück mußte er sie nicht weit schleppen – und wankte zu der Stelle, wo der Klippenrand mit einem Erdwall und Steinbrocken verbarrikadiert war. Charley über diese Brüstung zu wälzen, war nicht zu schwierig; an einer Stelle war sie nur einen knappen Meter hoch, beim Essen hatte er sich den günstigsten Punkt gemerkt. Von da bis zum eigentlichen Rand lag nur ein schmaler Trampelpfad. Er stieß die Leiche hinunter und sah, wie sie in eine scheinbar unendliche Tiefe fiel, bevor sie hinter einem Klippenvorsprung völlig verschwand. Die schwarze, seidige See, die nur hin und wieder im Nebel sichtbar war, lag so tief unter ihm, daß kein Geräusch, kein Aufklatschen heraufdrang; selbst die Wellen waren hier oben nur wie ein schwaches Seufzen zu hören.

Rasch wischte sich Irving die Hände an einem Büschel Grasnelken ab, trat über den Erd- und Steinwall zurück und ging zu seinem Mietwagen. Mit einem Papiertuch wischte er über den Kofferraumdeckel, auf dem schon Regentropfen perlten – jetzt gab es hier keine Spuren mehr. Das Tuch konnte er später verbrennen. Und Charleys Reisetasche? Sollte die ihrem Eigentümer über die Klippe folgen? Nein, er würde später eine Möglichkeit finden, sie loszuwerden.

Er schloß den Kofferraum, drehte sich um und geriet völlig aus der Fassung, als er die schwarzgewandete Gestalt von Vater Hegarty erblickte. Der Priester schob langsam sein Fahrrad das letzte Stück des Hügels hinauf.

»Ein ziemlich steiler Aufstieg«, sagte Vater Hegarty und wies mit einer Kopfbewegung auf die Straße hinter sich.

»Sicher haben Ihre seelsorgerischen Besuche Sie nicht hier heraufgeführt, Vater?« sagte Irving, nachdem er mühsam seine Zunge vom Gaumen gelöst hatte. Wo zum Teufel war der Mann so plötzlich hergekommen? War er hinter einer Straßenbiegung verborgen gewesen? Und was – wenn überhaupt – konnte er gesehen haben?

»Nein. Aber ein paar meiner Gemeindemitglieder wohnen nicht weit von hier, und wenn ich schon einmal auf dem Weg zu ihnen bin, komme ich gern hierher und bewundere Gottes Schöpfung an diesem gewaltigen Ort. Ihr Besuch hat mich diesmal dazu angeregt. Kam es Ihnen je in den Sinn, sich zu fragen, was aus dem Rest der Klippe geworden ist?«

»Dem Rest der Klippe?« wiederholte Irving einfältig.

»Wir sehen diese mächtige abgebrochene Kante – wie ein durchgeschnittener Brotlaib – was hat Gott mit der anderen Hälfte getan?«

»Vielleicht sind die Aran-Inseln das Stück, das abgefallen ist?« sagte Irving und schaute hinaus auf die See. Doch der Nebel war wieder dichter geworden – die Inseln waren nicht zu erkennen.

»Und wenn wir schon von der anderen Hälfte sprechen – wo ist Ihr junger Freund? Doch nicht über die Klippe?« scherzte Vater Hegarty.

»Oh ...« Irving hatte inzwischen Atem holen können und war ruhiger. »Wir haben beschlossen, getrennt weiterzureisen. Er ist mit dem Bus gefahren.«

»Tatsächlich?« Vater Hegartys langsame Frage und sein kalter Blick wirkten wie eine Schüssel voll eisigem Seenebel zwischen den Schulterblättern. Scheinbar zusammenhanglos fügte der Priester hinzu: »Darf ich, da wir uns glücklicherweise wieder begegnet sind, Sie darauf hinweisen, daß Sie in der Kirche vielleicht vergessen haben, uns eine Spende für unseren Kirchenfonds zu geben? Ihr junger Freund war so großzügig, daß ich überzeugt bin, es war nur Vergeßlichkeit Ihrerseits ...«

»O richtig – ich glaube, das habe ich vergessen. Natürlich, ein paar Pfund – natürlich freue ich mich ...«

Irving suchte mit feuchten, zitternden Händen in seiner Gesäßtasche.

»Nun, eigentlich habe ich mehr an etwas wie eine regelmäßige Unterstützung gedacht«, sagte Vater Hegarty ernst. »Im Augenblick brauchen wir uns nicht mit den Einzelheiten zu befassen – ich werde mich später mit Ihnen in Verbindung setzen. Sie brauchen mir nicht Ihre Adresse in Dublin zu geben – ich habe einen Vetter am englischen Seminar in Trinity. Ich werde ihn bitten, Sie aufzusuchen. Er ist ein netter junger Mensch – bestimmt werden Sie von ihm angetan sein. Oje – wie die Zeit vergeht! Ich muß meine Besuche machen.«

Der Priester stieg auf sein Fahrrad, fuhr hügelabwärts und verschwand so still im Nebel, als wäre er auf schwarzen Flügeln davongeflogen.

Der Finder

Mitten im Frühjahrsquartal machen wir immer einen Schulausflug zum Museum von Strand-next-the-Sea. Strand ist die Stadt, die unserer Schule, Candlemakers, am nächsten liegt, und die ist nicht weit von einem Dorf namens Far Green. Far Green kann man kaum als Ort bezeichnen – drei Häuser und ein Teich; im Zweiten Weltkrieg haben sie die Schule aus London hierher in ein großes rotes viktorianisches, zugiges Herrenhaus verlegt in der Hoffnung, daß es vor Bomben sicher wäre, weil die Deutschen es nie finden würden. Tatsächlich ist es so schwer zu finden, daß Eltern, die zu Besuch kommen, sich häufig verirren und in Staithe Cross oder Watchett landen. Das Haus liegt mitten in einem Miniaturwald, die Ulmen umstehen es so dicht, als müßten sie es isolieren. Viele Ulmen sind von der Ulmenkrankheit befallen und sehen aus wie alte Skelette, aber zwischen ihnen breitet sich ein ganzes Platanengehölz aus. Von den Bäumen rund um die Schule abgesehen ist der Landstrich flach und windig. Vom Kirchturm in Far Green aus kann man angeblich bei klarem Wetter in der einen Richtung Norwich sehen, bei diesigem Wetter in der anderen Richtung den Turm des Münsters Losthope, das beim großen Sturm 1609 im Meer verschwunden ist.

Das Frühjahrsquartal ist immer scheußlich. Der Wind bläst von der Nordsee übers Land, und an fünf von sechs Tagen gießt es. Die Sportplätze sind gewöhnlich unter Wasser, und deshalb müssen wir jeden feuchten, stürmischen Tag Waldlauf machen.

Bis zur Quartalsmitte freuen sich alle auf den Ausflug, obwohl Strand eine trostlose kleine Stadt ist und das Museum nur aus drei Räumen voller Krimskrams besteht. Ein Pfarrer im neunzehnten Jahrhundert hat ihn gesammelt, weil er in seiner Freizeit nichts anderes zu tun wußte. Zumindest ist die Sammlung unter Dach, im Trockenen. Wir fahren mit dem Schulbus hin, und das Ganze ist eine kleine Abwechslung; wer allerdings schon ein paar Jahre lang in der Schule ist, kennt natürlich alles im Museum so gut wie den Inhalt seiner Schreibtischschublade. In dem Quartal, von dem ich rede, hatten wir einen neuen Jungen, der Denzil Gilbert hieß. Er war ein dünner, helläugiger, pickeliger Typ mit einer Haut wie Sandpapier und einem schielenden linken Auge, so daß nie klar war, ob er mit einem sprach oder mit jemandem, der hinter einem stand. Niemand mochte ihn sonderlich, doch das schien ihm nichts auszumachen; er war wundervoll selbstzufrieden und erzählte jedem, der zuhörte, endlos über sich selbst. Viele seiner Geschichten waren schlicht Lügen: daß sein Vater den Nobelpreis für Literatur bekommen habe und seine Großmutter eine berühmte Schauspielerin gewesen sei, die neben der Duse in ›Maria Stuart‹ gespielt habe, daß sein Großvater Lordkanzler von England gewesen sei und daß seine Familie mit den Normannen englischen Boden betreten habe. Jeder, der sich die Mühe machte, im Lexikon oder im Who's Who nachzuschlagen, stellte fest, daß die meisten seiner Behauptungen einfach nicht stimmten, bis auf ein winziges Körnchen Wahrheit irgendwo. Bis zur Mitte des Quartals nahm niemand mehr seine Prahlereien ernst.

Denzil gehörte zu den Leuten, die, weil sie selbst nicht interessant sind, Wert auf ziemlich ungewöhnliche Besitztümer legen, um damit anzugeben und so ein bißchen Prestige zu bekommen. Er hatte einen Satz Gründonnerstagsmünzen – einen winzigen Silberpenny und ein Zweipenny-, Dreipenny- und Vierpennystück, die aus der königlichen Almosenverteilung vor Ostern stammten; er hatte ein Pulverhorn aus Metall, mit Türkisen und roten Korallen besetzt, von dem er behauptete, es habe König Jakob I. gehört (obwohl ich meine, wenn Jakob I. ein Pulverhorn gehabt hätte, wäre es sicher prächtiger gewesen als das Ding von Denzil); er hatte ein Fossil, das angeblich vom Mars war, und eine Kaurischnecke, in der man den Indischen Ozean rauschen hören sollte; außerdem ein kleines Tintenfaß aus Speckstein, das (laut Denzil) einem alten chinesischen Dichter namens Li Po gehört hatte, und wer es benutzte, konnte erstklassige chinesische Verse schreiben. Und er hatte einen malaiischen Kris und ein Stück Rosenquarz und ein Blatt von einem Taschentuchbaum und viele hübsche alte grüne Murmeln.

Natürlich lachten alle, wenn Denzil die Geschichten seiner Schätze erzählte, doch sie waren interessiert daran und baten, sie betrachten zu dürfen, und er zeigte sie immer gern. Und es dauerte nicht lange – man weiß ja, wie es in einer Schule zugeht, besonders, wenn jemand ziemlich unbeliebt ist –, da fehlten ein paar Sachen, vor allem die winzigen silbernen Gründonnerstagsmünzen. Denzil regte sich darüber sehr auf. Sie waren aus einer sehr kleinen silbernen Schnupftabakdose verschwunden, die er auf seine Kommode im Schlafsaal gestellt hatte.

Natürlich hörte Jasper, der Direktor, davon, und er sprach darüber nach dem Morgengebet und fragte, ob jemand wisse, wo die Münzen seien. Niemand sagte ein Wort. Jasper war sehr ungehalten – auch über Denzil, weil er sagte, es sei dumm, etwas so Wertvolles auf eine Kommode zu stellen, man führe die anderen nur in Versuchung. Schließlich gab es eine neue Vorschrift: Alle Wertgegenstände mußten Sally Lunn, der Hausdame, übergeben werden. Denzil mußte sich also von seinem Quarz und dem Tintenfaß trennen, die Kaurischnecke und das Fossil vom Mars durfte er behalten, weil niemand glaubte, daß sie waren, was er behauptete.

Das alles war peinlich und unangenehm, und man kann sich leicht vorstellen, daß Denzil dadurch nicht beliebter wurde.

Eines konnte er allerdings gut, nämlich Geistergeschichten erzählen, wenn wir unsere Hausaufgaben gemacht hatten und um den Ofen im Speisesaal saßen, oder abends, wenn die Lichter aus waren. Dann sträubten sich uns die Haare bei seinen Geschichten von den ertrunkenen dänischen Kriegern, die auf der Saltwagon-Marsch von der Flut eingeholt wurden, nachdem ein Bauernjunge sie absichtlich in die falsche Richtung geschickt hatte; die tropfnassen Dänen erheben sich, sagte er, in der letzten Mainacht aus ihren feuchten Gräbern und suchen jenen Jungen, um sich zu rächen, also gebt acht! Und dann hatte er noch eine gute Geschichte über den versunkenen Wald von Losthope und die schrecklichen Waldkreaturen, die manchmal in Winterstürmen auftauchen, wenn die Wellen so hoch steigen und tief fallen, daß man noch die Stümpfe versteinerter Bäume sehen kann. So wird es erzählt. Und dann gab's eine Geschichte über afrikanische Riesenbienen, die in millionenstarken schwarzen Schwärmen nach Norden über Europa ziehen und alles töten, was ihnen in den Weg kommt.

Aber keine von Denzil Gilberts Geschichten war so seltsam wie das, was mit ihm geschah.

An diesem Samstag teilte Sally Lunn beim Frühstück mit, daß wir nach dem Mittagessen zum Museum in Strand-next-the-Sea gehen würden, und alle, die schon vier- oder fünfmal dort gewesen waren, seufzten gelangweilt, wie üblich. Doch Denzil machte strahlende, erwartungsvolle Augen. Biddy Frazer war so unvorsichtig, ihn nach dem Grund zu fragen. Das überraschte mich, denn meistens strafte sie ihn mit Verachtung. Sie kam aus Schottland und war nüchtern und handfest und Klassenaufsicht, und sie sagte, seine Geschichten seien dummer Quatsch. Denzil antwortete: »Mein Vater ist in Strand-next-the-Sea geboren. Unser altes Familienhaus steht dort.«

»Warum bist du dann nicht Tagesschüler?« Man konnte Biddys Hintergedanken heraushören: Dann hätten wir viele Stunden ohne dich.

»Mein Großvater hat das Haus verkauft. Und wir haben immer im Ausland gewohnt. Mein Vater ist Englischprofessor an der Universität Addis Abeba.« Das stimmte; es war eines der Dinge, die Denzil nicht erfunden hatte.

Nach dem Mittagessen fuhr der klapprige blaue alte Bus auf den Wendeplatz vor dem Hauptgebäude, und wir rannten alle durch den Regen hinaus und stiegen mit dem üblichen Gestöhne und Geschimpfe und den Witzen über das, was wir jetzt lieber täten, ein.

Niemand wollte neben Denzil sitzen, und so bekam er den Platz neben Tom Oakenshaw, dem Englischlehrer, der recht sarkastisch sein konnte; doch mit Denzil hatte er noch ziemlich viel Geduld, weil er ein Neuer war, und er hörte sich die Lügengeschichten an, ohne allzu ungläubig zu reagieren.

Der alte Bus pflügte unter dem feuchten grauen Sturmhimmel die versumpften Wege entlang und schleuderte Wasserfontänen hoch. Ich saß hinter Denzil und Oakie und konnte hören, wie Denzil mit seiner Familie angab.

»Die Gilberts haben seit dem zwölften Jahrhundert in Strand-next-the-Sea gelebt.«

»Ich weiß nicht genau, ob es Strand im zwölften Jahrhundert schon gab«, sagte Oakie nachsichtig. »Damals war das Meer weiter draußen, weißt du.«

»Oh, auf jeden Fall ist meine Familie seit damals in dieser Gegend gewesen«, sagte Denzil, so schnell gab er sich nicht geschlagen. »Einige meiner Ahnen gingen von hier aus auf Kreuzzüge. Ein Vorfahre von mir ist im Münster von Losthope begraben – Sir Geoffroi de Guilbert; ein Bild von seinem Grabmal gibt es in einem Buch mit dem Titel ›Verlorengegangene Kostbarkeiten – Architektur in Ostanglien‹.«

»Wirklich?« sagte Oakie. »Ich habe das Buch in der Schule. Wenn wir zurück sind, werde ich deinen Vorfahren nachschlagen.«

Biddy auf dem Platz neben mir unterdrückte ihr Kichern und stieß mich an, weil sie am liebsten gewettet hätte, daß nichts von Denzils Geschichte stimmte und daß Oakie das bald feststellen würde. Doch Denzil wirkte ganz ruhig.

Schließlich kamen wir auf dem Marktplatz von Strand an, auf dem es immer windig und unfreundlich war. Eine der vier kurzen, breiten Straßen führte direkt zu einer Reihe Sanddünen, eine andere zum Hafen; an einer waren ein paar Läden, und an der vierten standen Privathäuser, die Kirche und das Museum. »Zuerst ins Museum«, sagte Oakie. »Dann könnt ihr euer Taschengeld ausgeben und am Strand herumrennen, wenn es nicht zu sehr regnet.«

Wir schlenderten alle in Zweierreihen durch die Staithe Street zum Museum, das in einem georgianischen Backsteinbau, dem Acre-Haus, untergebracht ist. Kaum war Denzil dort angekommen, nahm er eine dramatische Pose ein und rief: »Das Heim meiner Vorfahren!«

Die meisten kicherten, und Oakie scheuchte uns hinein.

Wie gesagt, es gibt drei Räume. Der eine ist voll mit

alten landwirtschaftlichen Geräten und Küchenutensilien, Pflügen und Butterfässern und Modeln und Wäschemangeln. Die Metallgegenstände sind verrostet und die hölzernen wurmstichig, und wenn man nicht für Geschichte schwärmt, ist es ziemlich langweilig.

Ein anderer Raum enthält viele ausgestopfte Vögel und heimische Pflanzen in Kübeln und ein großes geologisches, maßstabgetreues Modell der Gegend hier; dieser Raum gefällt mir am besten.

Im dritten Raum sind Kleider und Kostüme und ein riesiges altes Puppenhaus und Zeitungen aus dem achtzehnten Jahrhundert. Die meisten Mädchen bleiben die ganze Zeit hier.

Biddy ging zum Kostümraum, nachdem sie mir zugeflüstert hatte, daß sie in zehn Minuten ohnmächtig werden würde. Biddy ist blaß und rothaarig, und sie kann absichtlich in Ohnmacht fallen, wenn sie Löschpapier in ihre Schuhe legt und sich dann stark konzentriert. Sie macht es nicht zu häufig, sonst würden die Lehrer dahinterkommen, doch diesmal sagte sie, Acre-Haus kenne sie jetzt in- und auswendig, und sie wolle das Geburtstagsgeld ausgeben, das ihre Mutter geschickt hatte. Wenn sie ohnmächtig würde, sagte sie, dürften wir vielleicht weggehen und in »Pollys Platz« Tee trinken, im einzigen Café, das den Winter über geöffnet bleibt.

Denzil ging sofort in den Kostümraum, und nach etwa fünf Minuten ging ich hinterher, weil ich dabeisein wollte, wenn Biddy in Ohnmacht fiel.

Die alte Miss Thorpe zog ihre Nummer ab. Sie ist die Kuratorin. Sie sieht aus wie eine chinesische Haselnuß, rosa-braun und verrunzelt. Sie muß eine Million Bücher gelesen haben, denn sie kann endlos über jeden einzelnen Gegenstand im Museum reden.

»Das ist ein Pilgergewand«, sagte sie gerade. »Ihr seht die Herzmuscheln oder Pilgermuscheln am Hut – sie zeigen, daß der Pilger beim Schrein des heiligen Jakob in Compostella gewesen ist. Und dieses Palmenstück deutet darauf hin, daß er auch im Heiligen Land war. Der Haken am Stab war dazu da, die Reisetasche zu tragen.

Und hier haben wir das Kostüm eines Kreuzfahrers. Er trug einen Kettenpanzer, einen weißen Überwurf zum

Schutz vor der heißen Sonne, und wie ihr sehen könnt, war auf diesem Überwurf ein rotes Kreuz. Das sind die Gewänder von Sir Geoffroi de Guilbert, dessen Familie in Gippesvicum lebte – heute Ipswich – und dessen Nachfahren dieses Haus im achtzehnten Jahrhundert erbaut haben.«

»Siehst du!« sagte Denzil stolz und mit sich überschlagender Stimme zu Jane Hall, die zufällig neben ihm stand. »Hab ich nicht gesagt, daß hier das Heim meiner Ahnen war!«

Miss Thorpe drehte sich höchst interessiert um. »Und wie heißt du denn, mein Junge?«

Als er sagte, Denzil Gilbert, freute sie sich wie närrisch. »Der Sohn von Professor Robert Gilbert? Also, ist das nicht fabelhaft! Ich hatte noch nie ein Mitglied der Familie hier im Haus.« Man kann sich vorstellen, daß Denzil dastand und strahlte wie ein Sonnenaufgang. Endlich hatte sich eine seiner Geschichten als wahr herausgestellt, und man konnte ihm ansehen, daß er uns das lange nicht vergessen lassen würde.

Aber Miss Thorpe war noch nicht fertig.

»Da du ein Mitglied der Familie bist«, fuhr sie fort, »darfst du das Privileg des *filius donationis* ausüben – das ist noch nie geschehen, seit ich hier die Verantwortung trage, wie himmlisch, wie göttlich!« Wenn Miss Thorpe aufgeregt wird, hört man ihren Jahrgang heraus.

»Was ist *filius donationis?«* fragte Mr. Oakenshaw, der fast so interessiert war wie das alte Mädchen selbst.

»Nun, als das Haus und einiger Besitz, der dazugehörte, als Museum eingerichtet wurden, war es Bestandteil des Vertrags, daß Abkömmlinge des Stifters – Sir Giles Gilbert ...«

»Mein Großvater« rief Denzil glücklich.

»Daß Abkömmlinge des Stifters in diesem Haus, falls sie es je betreten, die Gegenstände in der verschlossenen Vitrine dort anfassen dürfen.«

Alle Köpfe wandten sich um, und alle Blicke hefteten sich auf die verschlossene Vitrine, die nicht sehr groß war und verschiedene kleine glanzlose Gegenstände enthielt – Ketten und Schließen und Siegel und Münzen und Haften und ein paar schäbige kleine Löffel.

Denzil ließ sich natürlich eine solche Gelegenheit nicht entgehen.

»Darf ich die Dinge anfassen, bitte?« sagte er.

»Selbstverständlich darfst du, mein Junge. Moment, ich hole den Schlüssel.«

Denzil spähte durchs Glas und sah dabei schrecklich selbstgefällig aus; und wer sich dafür interessierte, drängte sich näher und guckte auch.

»Die Löffel haben eine Inschrift – in Latein«, sagte Tansy Jones.

»Vielleicht die lateinische Übersetzung von *Ein Souvenir aus Norwich«,* sagte Bill Humphrey kichernd.

»Dona ex Norvicio«, schlug Jane vor.

»Nein, so heißt es nicht«, sagte Miss Thorpe, die mit dem Schlüssel zurückkam. »Das sind römische Silberlöffel vom Gelände eines Tempels, der Faunus, dem Waldgott, gewidmet war. Faunus ist, wie ihr vielleicht wißt, zugleich unser Gott Faun und der griechische Gott Pan – die Buchstaben F und P sind austauschbar.« Miss Thorpe war jetzt ganz in ihrem Element.

»Was bedeuten die Worte?« fragte Tansy.

»So etwas wie ›Erfreut euch in den Wäldern‹.«

»Viel Spaß beim Picknick«, murmelte Bill.

»Natürlich war damals dieses ganze Land von Wäldern bedeckt. Wo der Tempel stand, ist heute eure Schule. Das hier sind kleine Teile von römischem Glas«, sagte Miss Thorpe und reichte sie Denzil, der angestrengt versuchte, interessiert auszusehen. »Und das sind alte britische Pfeilspitzen. Und dieses kleine Ding hat eine merkwürdige Geschichte – man nennt es den Finder.«

Es war eine kleine Metallstatuette von einem untersetzten, lächelnden kleinen Mann mit viel Haar und Bart und einer spitzen Mütze. Seine Füße zeigten nach hinten.

»Warum der Finder?« fragte Denzil.

»Weil er helfen soll, verlorene Gegenstände zu finden. Es ist ein Abbild des Waldgottes Faunus – oder Faun.«

»Warum sollte er verlorene Gegenstände finden?«

»Nun – ich denke mir – weil Sachen oft in den Wäldern verloren werden. Zu den Zeiten der Römer und der alten Britannier waren es vielleicht Kinder – oder Hunde oder Schweine oder Vieh –, die verlorengingen, und die Leute glaubten, wenn man dem Faun opferte, würde er einem helfen zu finden, was man verloren hatte. Später opferten die Leute nicht mehr, sie machten diese kleinen Abbilder und gaben sie dem Tempel. Dieses hier wurde im siebzehnten Jahrhundert von einem Bauern ausgegraben und bekam den Namen der Finder, weil selbst damals noch die Leute glaubten, es hätte die Kraft, verlorene Gegenstände zu finden. Es ging in der ganzen Gegend von Hand zu Hand und kam schließlich in den Besitz deines Ururgroßvaters Sir Neville Gilbert«, erklärte Miss Thorpe dem Gründersproß.

»Ich wollte, er gehörte mir«, sagte er. »Das ist genau, was ich brauche.«

Diesen Moment wählte Biddy für ihre Ohnmacht. Sie machte es sehr kunstvoll, wurde weiß wie ein Stück Papier, schwankte hin und her und fiel dann mit einem mächtigen Plumps auf den Holzboden.

»Oh, um Gottes willen!« sagte Miss Thorpe, schloß hastig die Vitrine ab und steckte den Schlüssel in ihre Jackentasche. Sie und Oakenshaw hoben Biddy auf und schleppten sie zu einer breiten alten Ledercouch im vorderen Zimmer, und nach einer Minute öffnete Biddy die Augen, schaute sich wie betäubt um und sagte: »Was ist passiert? Wo bin ich?«

»Bleib nur ruhig liegen, Herzchen, ich hole dir ein Glas Wasser«, sagte Miss Thorpe.

»Ich hätte lieber eine Tasse Tee«, sagte Biddy.

»Vielleicht kann ich mit ihr zu ›Pollys Platz‹ gehen?« schlug ich vor.

Doch zu unserem Ärger wollte Oakie sie nicht ins Café lassen. Er fand, sie sei zu schwach und solle still im Bus sitzen, während wir anderen unser Taschengeld ausgaben. Er begleitete Biddy zum Bus und ließ sie in der Obhut des Fahrers, Gus Beadle, der immer auf seinem Sitz blieb und die Sportzeitung las.

Biddy gab mir Geld, damit ich ihr Pfefferminzplätzchen kaufte, und als ich in den einzigen Süßwarenladen ging, kam Denzil mit. Er sah immer noch so zufrieden aus wie ein Hund mit zwei Schwänzen, wahrscheinlich, weil er so im Mittelpunkt gestanden hatte.

Ich nahm mir zwei Mokkarollen und Biddys Pfefferminzplätzchen und wartete dann an der Kasse hinter einem alten Mann, der ein Paket Pfeifentabak und extrastarke Pfefferminzbonbons kaufte. Er durchsuchte alle seine Taschen und war ganz aufgeregt; tatsächlich sah er fast so weiß aus wie Biddy.

»Was ist los, Opa?« fragte das Mädchen an der Kasse.

»Ich hab meinen Fünfpfundschein verloren«, sagte der Alte. »Verflixt noch mal, wo kann ich ihn bloß hingesteckt haben? Ich weiß nicht, was meine Alte sagen wird . . .«

»Er liegt unter Ihrem Fuß«, sagte Denzil ruhig, während der Alte sich hoffnungslos in dem übervollen kleinen Laden umsah.

Und wirklich, da war das Geld; er mußte es aus der Tasche gezogen haben, ohne es zu merken, und dann draufgetreten sein. Der Mann war vielleicht erleichtert!

Er bezahlte seine Sachen, ich zahlte meine, und Denzil kaufte Marshmallows, diese weichen weißen Dinger – wahrscheinlich nahm er sie, weil niemand sonst sie mochte und er nichts abgeben mußte. Dann gingen wir zurück zum Bus. Aus dem Nieselwetter war jetzt ein anhaltender heftiger Regen geworden, den ein scharfer Nordwind noch unangenehmer machte; es war wirklich kein Tag für einen Spaziergang in den Dünen.

Denzil und ich kamen als letzte zum Bus. Ich gab Biddy ihre Pfefferminzplätzchen. Sie saß neben Oakie und sah mitleiderregend aus, so weiß, daß ihre Sommersprossen sich wie Rostflecken von der Haut abhoben. Ich fragte mich, ob es vielleicht eine richtige Ohnmacht gewesen war.

Gus Beadle ließ den Motor an, doch bevor er losfahren konnte, flog die Bustür auf. Der Sturm war ganz plötzlich stärker geworden, wie das häufig in dieser Gegend geschieht. In einer Minute herrscht Windstille, fünf Minuten später segeln Schornsteine und Dachziegel die Straße entlang.

»Mach die Tür zu, bitte, Bill«, rief Oakie.

Bill, der am nächsten saß, schlug sie zu, doch sofort flog sie wieder auf. Gus mußte sie schließlich mit einer Schnur festbinden, und Bill mußte die Schnur auf der ganzen Heimfahrt halten. Hin und wieder hob der alte

Bus fast von der Straße ab. Es war wirklich Windstärke zehn.

Denzil saß neben mir. Er grinste immer noch vor sich hin, und einmal gab er mir einen Rippenstoß und murmelte: »O Mann! Soll ich dir was verraten?« Aber ich tat, als hätte ich nichts gemerkt. Ich hörte Oakie auf dem Platz vor uns zu, der mit Biddy und ein paar anderen Mädchen über den Finder sprach.

»Ein Archäologe, Murray Parkin, hat ihn vor acht oder neun Jahren vom Museum geliehen, er wollte mit seiner Hilfe ein angelsächsisches Schatzschiff finden wie das bei Sutton Hoo.«

»Hat er es gefunden?«

»Nicht, daß ich wüßte. Es sei denn, er ist mit dem Schatz auf und davon! Vielleicht hilft der Finder nicht, wenn man ihn leiht. Im siebzehnten Jahrhundert glaubte man, er müsse geschenkt oder gestohlen werden.«

»Vielleicht hat in den letzten dreihundert Jahren seine Kraft nachgelassen, weil sie nicht benutzt worden ist«, meinte Jane Hall. »Wie bei einer Taschenlampenbatterie.«

»Das scheint mir nicht sehr wahrscheinlich.« Oakie nahm sie ganz ernst. »Ich meine, es müßte eher umgekehrt sein – die Kraft sollte immer stärker und konzentrierter werden. Faun – Faunus – war ein Waldgott. Sehr wild, sehr stark. Stell dir mal vor, wie jemandem zumute sein muß, der ein Gott ist und nicht angebetet wird? Der vergessen – ignoriert wird? Jahrhunderte lang?«

»Nicht sehr angenehm«, sagte Tansy.

»Er muß wütend sein«, sagte Jane. »Vor allem, wenn die Leute sich an ihn erinnern und dann nicht mehr von ihm wollen, als daß er ihren entlaufenen Dackel findet ...«

Biddy fröstelte und sagte in weinerlichem Ton: »Ich fühl mich so elend, Mr. Oakenshaw! Der Kopf tut mir weh, und ich friere so ...«

»Vielleicht bekommst du eine Grippe. Sobald wir zurück sind, mußt du sofort zu Sally Lunn.«

Es erschien uns wie ein Wunder, daß wir überhaupt zurückkamen. Die Ulmen und Platanen an der Schule wurden vom Sturm gepeitscht, daß man fürchten mußte, sie würden gleich aus der Erde gerissen, und als Bill die Schnur aufknotete, flog die Bustür so heftig auf, daß sie gegen die Seite des Busses knallte und ein Fenster zerschmetterte. Oakie und ich halfen Biddy beim Aussteigen. Sie zitterte und sah eher grün als weiß aus; bei ihrem Anblick wurde mir fast selbst schlecht.

Es goß, und wir stürzten alle ins Haus. Dann bekamen wir die Haustüren nicht zu. Es sind zwei große Doppeltüren, schwere Eiche mit Eisenbeschlägen – der Wind saugte sie auf, als wären sie aus Pappe. Oakie und der alte Gus mußten sie verriegeln, und selbst dann ratterten und bogen sie sich, als schlüge ein Dinosaurier dagegen.

Sally Lunn brachte Biddy ins Krankenzimmer.

»Kann ich mir nicht zuerst ein Buch aus meinem Zimmer holen?« fragte Biddy.

»Nein, du kommst mit. Eine deiner Freundinnen kann dir später ein Buch bringen«, sagte die Hausdame.

Wir anderen gingen zum Tee – samstags gibt es immer Schokoladenbiskuit.

Denzil ließ sich neben mir auf einen Stuhl fallen. »He! Guck mal, was ich habe!« Rasch zeigte er mir etwas in seiner Hand.

Ich konnte nur einen flüchtigen Blick darauf werfen, aber es sah dem kleinen schwarzen Finder ungemein ähnlich.

»Sag bloß! Soll das heißen, du bist hingegangen und hast ihn geklaut ...«

»Psst! Nicht so laut. Ich hab ihn nicht geklaut.«

»Ich habe nicht gehört, daß du die alte Thorpe darum gebeten hast.«

»Ich gebe ihn zurück – vielleicht«, sagte er selbstzufrieden. »Sobald er meine verlorenen Sachen gefunden hat.« Er schluckte den Rest seines Tees. »Komm mit – willst du sehen, wie es funktioniert?«

Eigentlich wollte ich das nicht; die ganze Sache war mir widerwärtig. Und das Wetter machte alles noch schlimmer. Es war viel dunkler, als es um diese Zeit am Nachmittag hätte sein sollen; der Wind draußen heulte wie eine Kreissäge, und überall im Haus flogen Türen auf.

»Der alte Jasper wird wütend wie ein Hund, wenn er

erfährt, was du getan hast«, sagte ich. »Aus einem Museum stehlen!«

»Ach, sei doch nicht so zimperlich! Außerdem habe ich ein Recht darauf. Er hat meinem Ururgroßvater gehört!«

»Und woher wissen wir, wie er dazu gekommen ist?«

Denzil ging einfach aus dem Speisesaal und die Treppe hinauf, das kleine schwarze Ding hielt er in der Hand.

»Er führt mich«, sagte er.

Sehr widerwillig ging ich ihm nach, gefolgt von zwei oder drei anderen, die ahnten, daß etwas im Busch war.

»Also ehrlich«, rief ich, damit er mich über dem Heulen des Windes verstand. »Ich finde, du solltest das nicht tun. Das muß Ärger geben. Und – hast du gehört, was Oakie im Bus gesagt hat – wenn du so etwas benutzt, dann lieferst du dich Kräften aus – die man besser in Ruhe läßt. Es ist, als ob man einen elektrischen Draht berührt. Du begibst dich in seine Macht ...«

»Ach, Quatsch«, sagte Denzil. »Du willst bloß nicht, daß ich es tue, weil du Angst davor hast zu sehen, wo meine Sachen auftauchen.« Er schaute über die Schulter und grinste widerlich – wie gewöhnlich wußte ich nicht genau, ob er mich ansah oder jemand anders. »Was soll denn das?« sagte er und ging weiter. »Er will noch höher.«

Er ging die nächste Treppe hinauf, die zu den Schlafräumen der Mädchen führte.

»He! Du darfst nicht in anderer Leute Zimmer gehen«, sagte Tansy, die uns folgte. Denzil achtete nicht auf sie. Er ging in das große Zimmer, das Biddy Frazer mit Jane und zwei anderen teilte. Niemand war darin. Ein Fenster flog auf, und die Vorhänge an den Schlafnischen wehten wie Fahnen. Von den Kommoden flatterten Postkarten und Taschenbücher.

Ich stürzte zum Fenster und schloß und verriegelte es, während Tansy die Karten sortierte und sie wieder an ihren Platz legte.

Denzil ging direkt auf Biddys Ecke zu. An der Wand über dem Bett hing ein Foto ihrer Familie. Er hob den Rahmen von der Wand, und ein dicker Umschlag fiel herunter, der dahinter versteckt gewesen war. Darin lagen Denzils kleine silberne Gründonnerstagsmünzen – der Penny, das Zweipenny-, Dreipenny- und Vierpennystück.

»Das hab ich mir gedacht!« sagte er befriedigt.

»Du Ekel! Du hast gewußt, daß sie hier waren!« rief Tansy. »Oder du hast sie selbst hier versteckt! Was für ein widerlicher, gemeiner Trick. Ich glaube nicht, daß Biddy sie genommen hat.«

Denzil starrte sie wütend an. »Natürlich hat sie es getan. Und jetzt finde ich meine anderen Sachen – das Pulverhorn und das malaiische Messer und meine grünen Murmeln.«

Er sah uns der Reihe nach an, und sein Grinsen war sehr unangenehm.

»Wer hätte je gedacht, daß Biddy die Münzen genommen hat – die Klassenaufsicht, so brav und ehrlich und überzeugt, daß sie besser ist als alle anderen. Da wird der alte Jasper aber staunen, wenn er das hört!«

»Am besten gehst du gleich zu ihm«, sagte Jane ganz unglücklich. »Falls – falls du die falsche Person verdächtigst.«

»Ich werd es ihm schon sagen, eins nach dem anderen«, sagte Denzil. »Aber jetzt noch nicht.«

»Warum nicht?«

»Damit die andern, die meine Sachen genommen haben, sie zurücklegen können? Kommt nicht in Frage!« Und wieder grinste er so abscheulich.

Dann sah er auf das kleine schwarze Ding in seiner Hand.

»Faun, Faun, kleiner Gott der Wälder«, sang er, »hilf mir mein Pulverhorn und mein malaiisches Messer und meine grünen Murmeln finden.«

In diesem Augenblick rief eine Stimme: »Denzil! Denzil Gilbert! Bist du dort oben?«

»Er ist hier!« rief Jane. »Wer sucht ihn?«

»Er soll runterkommen.«

Hinterher konnten wir uns nicht einigen, wessen Stimme wir gehört hatten. Jane dachte, es sei Jasper gewesen, ich meinte, es war Mr. Oakenshaw.

»Oh, zum Teufel«, sagte Denzil. Er schob den Finder in seine Tasche zu den Gründonnerstagsmünzen. »Gleich geht die Jagd weiter; wenn ihr zuschauen wollt, bleibt hier und wartet auf mich.«

Er war schon an der Treppe. »Ich geh noch rasch hier rein«, sagte er und bog in eine Toilette neben der Treppe, eine Stufe höher. Er schloß die Tür, und Tansy sagte: »Rasch! Sollten wir nicht dem alten Jasper sagen, was hier vorgeht? Es wird ihm nicht gefallen, und bestimmt gibt er auch uns die Schuld – und wenn wir ihm sagen, er soll Denzil den Finder wegnehmen, bevor ...«

Genau in diesem Moment hörten wir Denzil, der noch im Klo war, einen unheimlichen Schrei ausstoßen – eine Art Geheul, als würde ihm die Luft aus den Lungen gesaugt. Im selben Augenblick riß der Wind noch mehr Türen und Fenster auf. Das ganze Gebäude schien zu wanken, und draußen stürzten krachend ein paar Ulmen um.

»Was ist los, Denzil?« rief ich und rüttelte an der Türklinke. »Ist alles in Ordnung?«

Doch aus dem Klo kam keine Antwort.

Schließlich mußten wir Oakie und Gus Beadle holen, damit sie die Tür aufbrachen. Und das war der merkwürdigste Moment überhaupt, denn Denzil war nicht drinnen. Die Toilette hatte ein winziges rundes Fenster wie ein Bullauge. Eine gut genährte Katze wäre nicht durchgekommen. Und es lag fünf Stockwerke hoch. Doch Denzil war nicht da, und wir sahen ihn nie mehr.

Neun Monate später, als man annahm, er sei tot, wurde ein Gedenkgottesdienst für ihn gehalten.

Während des Gottesdienstes saß ich neben der Grabtafel, die für Denzils Urur-, oder was auch immer, -großvater errichtet worden war. Ich hatte also Zeit genug, den Vers darauf zu lesen:

Horch auf des Windes Fluchen
Sein Heulen will dir künden
O Mensch! Tracht nicht zu suchen
Sonst mag dich einer finden!

Diese Tafel wurde angebracht zum Gedächtnis an
Sir Giles Gilbert,
der sehr plötzlich in seinem 65. Lebensjahr starb.
27. Februar 1753.

Der Finder, den man auf dem Boden in der Toilette gefunden hatte, wurde ins Museum von Strand zurückgebracht und von Miss Thorpe wieder in der Vitrine eingeschlossen. Das Gründonnerstagsgeld war verschwunden, doch Denzils Kleider und seine anderen Sachen wurden seinen Eltern geschickt. Die grünen Glasmurmeln und das malaiische Messer kamen nie zum Vorschein. Und ich vergrub in einer stürmischen Nacht das Pulverhorn unter den Ulmen. Es schien das beste zu sein.

Der Bucklige vom Brookpark

Ich kann mich noch gut an das Haus meines Onkels Emile in London erinnern. Er war eigentlich nicht mein Onkel, sondern ein Vetter zweiten Grades von meinem Vater; sie waren Partner in unserer Familienfirma Bouvard Frères, Im- und Export edler Weine. Onkel Emile leitete die Londoner Filiale der Firma, und von meinem vierten Lebensjahr an wurde ich alle zwei Jahre aus der Provence für drei Monate zu ihm geschickt (meine Mutter war bei meiner Geburt gestorben, und so war diese Lösung für meinen Vater wohl recht angenehm), um fließend Englisch zu lernen und diese Seite des Geschäfts kennenzulernen. Bei den ersten Besuchen erfuhr ich mehr über Onkel Emile als über die Firma. Er war ein hagerer, vitaler, eleganter Mann, sehr anspruchsvoll, mit umfangreichem Wissen und einer Vorliebe für Witze. Ich liebte ihn heiß.

Bei diesen ersten Besuchen kümmerte sich die Haushälterin meines Onkels um mich, Mrs. Emerald – eine gütige, stille, melancholische Frau. Ich glaube, insgeheim liebte sie Emile; sie hätte alles für ihn getan, und sie starb ohne ersichtlichen Grund zwei Monate nach seinem Tod. Als ich vier war, lehrte sie mich, aus zwei Pappstücken und drei Bändern Geldbeutel zu machen – sie ließen sich auf jeder Seite öffnen und waren für mich etwas wie aus einer Zauberkiste. Sechs davon brachte ich meinem Vater als Geschenk mit. In ihrer sonnigen Küche spielte ich mit der Katze, Ejot, und unsere Mittagsmahlzeit aßen wir in dem kleinen Garten mit dem Birnbaum; oft ging ich mit ihr im Brookpark spazieren, der nicht viel mehr war als eine Wiese mit Bäumen, mir aber so groß vorkam wie die Camargue und genauso geheimnisvoll.

Manchmal fuhren wir mit einem Bus der Linie elf durch ganz London zu Emiles Büro in der Camomile Street im Herzen der City. Die Fahrt schien den ganzen Tag zu dauern, und ich fand es wunderbar. Wir saßen immer auf dem oberen Deck, ich bekam einen Fensterplatz und war ganz gefesselt von den Sehenswürdigkeiten

Londons, an denen wir vorbeiglitten: Chelsea und Pimlico, die Victoria Street mit ihren Verkehrsampeln. Westminster Abbey und die Parlamentsgebäude, Whitehall, wo ich die prächtigen Soldaten mit den Bärenfellmützen sah, an Trafalgar Square und Charing Cross vorbei, durch die schmale Strand und die noch schmalere Fleet Street mit ihren alten Häusern und Kirchen, Ludgate Hill hinauf zu St. Paul's und so in die City. Wenn ich mit dem Bus der Linie elf fuhr, bekam ich alles für mich Wesentliche von London mit.

Im Büro labte Onkel Emile uns mit ein paar Schluck Monbazillac oder Himbeerlikör und begleitete uns dann, wieder im Bus, zurück nach Brookpark. Wenn wir Glück hatten, fuhren wir mit unserer Lieblingsschaffnerin, einem lachenden blauäugigen Mädchen mit dem großartigen Namen Rose Nightingale. Sie trug ihre braunen Haare in einer geflochtenen Krone, schoß die Bustreppe so schnell wie ein Eichhörnchen hinauf und hinunter und brachte mir das Spiel mit den Glücksfahrscheinen bei.

Damals waren die Busfahrscheine rechteckige Blättchen, die in einem hübschen kleinen Kasten lagen, den der Schaffner an einem Riemen um den Hals gehängt hatte. Es gab Fahrscheine in verschiedenen Farben, weiße für einen Penny, rosa für Twopence und so weiter bis zu den aufregenden und herrlichen Scheinen in Orange, Blau, Grün und Rot, für die teures Fahrgeld gezahlt werden mußte. Auf jedem Fahrschein standen zwei Buchstaben und vier Zahlen. Beim Fahrscheinspiel, das Rose mir (und Onkel Emile) beibrachte, machte man sich aus den Buchstaben und Zahlen ein Omen. Zuerst addierte man die Zahlen. Vier gleiche oder nur zwei unterschiedliche Ziffern galten als Glücksbringer – zum Beispiel 6333. Aus der Summe der Zahlen ergab sich ein Buchstabe des Alphabets. Emile lehrte mich eine Eselsbrücke, EJOT, für den fünften, zehnten, fünfzehnten und zwanzigsten Buchstaben. (Deshalb wurde die Katze Ejot genannt, und Emile sprach das französisch aus, Eschoh.) Dann setzte man den so gefundenen Buchstaben zu den beiden auf dem Fahrschein und bildete mit dem Ergebnis ein Wort. Zum Beispiel ergab bei dem Fahrschein BR 1122 die Summe der Zahlen den Buchstaben F, den sechsten im

Alphabet. Jetzt hatte man FRB oder BRF. Das konnte Farbe heißen, oder Beruf, oder Brief.

»Das ist ein Glücksfahrschein«, sagte Emile dann triumphierend, »denn es sind nur zwei verschiedene Ziffern, also bekommen wir einen Brief mit guten Nachrichten.«

Oft gingen die Voraussagen in Erfüllung; und wenn nicht, dann sorgte Emile im allgemeinen dafür, daß sie es taten. Er war voller lustiger Einfälle, voll Güte und immer fröhlich.

Doch als ich mit acht wiederkam, hatte er sich sehr verändert. Er war immer noch gütig und liebevoll, aber selbst ich als Kind merkte, daß etwas Fürchterliches geschehen sein mußte. Er hatte weder sein gutes Aussehen noch seine Eleganz verloren, doch er war jetzt dünn wie ein Skelett und bleich wie der Tod. Noch merkwürdiger: er ging am Tag überhaupt nicht mehr aus. Im Büro erledigte er alle seine Geschäfte jetzt in den Abendstunden, zwischen achtzehn Uhr und Mitternacht. Wenn er dann mit einem Bus der Linie elf zum Brookpark zurückgekehrt war, ging er nicht ins Bett. Er konnte nicht mehr schlafen. In unserer Familie braucht niemand viel Schlaf – ich komme mit vier Stunden in der Nacht aus –, aber Onkel Emile brauchte gar keinen. Die ganze Nacht ging er in dem großen Wohnzimmer im Erdgeschoß auf und ab. Er las, er dachte nach, er schrieb, arbeitete, spielte leise auf seiner Flöte oder redete mit mir.

Denn als ich diese seine Angewohnheit entdeckt hatte, konnte mich nichts mehr im Bett halten. Auf Zehenspitzen, um Mrs. Emerald nicht zu wecken, ging ich zu ihm, setzte mich auf das Sofa am großen Erkerfenster, nahm die Katze in den Arm und hörte ihm zu.

Ich sehe dieses Zimmer vor mir, als stünde ich jetzt darin. Auf dem Boden lag ein großer verblaßter Perserteppich in Schwarz, Blau und Rosa; die Couch und zwei große Sessel hatten abgewetzte Rindslederbezüge und luden dazu ein, es sich gemütlich zu machen; es gab blaue Vorhänge und dunkle Lampen, einen großen Globus und an zwei Wänden Bücherregale, die sich unter ihrer Last bogen. Draußen lag grau, neblig und geheimnisvoll der Brookpark im Schein der Straßenlaternen. Aus einiger

Entfernung konnte man das Summen des nächtlichen Straßenverkehrs in Hammersmith oder Shepherds Bush hören.

Welch ein bizarres Bild von der Welt vermittelte mir Onkel Emile! Wenn ich mich heute an jene Zeit erinnere, kann ich kaum unterscheiden zwischen dem, was er mir erzählt hat und was ich geträumt habe. Denn manchmal schlief ich ein, während ich seiner Stimme lauschte, und wenn ich erwachte, hörte ich ihn immer noch reden.

Natürlich hatte ich Mrs. Emerald gefragt, warum er so verändert war.

»Warum geht er nicht mehr mit mir in den Park zum Reifenspielen? Warum fahren wir nicht mit dem Bus zur Camomile Street?«

»Still, Kind! Mach den armen Herrn nie durch solche Fragen traurig!«

»Nein, aber ich frage *Sie*!«

»Es ist wegen der armen Rose.«

»Rose?«

Dann erinnerte ich mich an das lachende, schmale Mädchen vom Bus der Linie elf, die mir beigebracht hatte, wie man einen Glücksfahrschein erkennt. »Was ist mit Rose passiert?«

»Sie ist gestorben, das arme Ding. Und es war ein schrecklicher, schrecklicher Kummer für den armen Herrn.« Mrs. Emerald wischte sich die Augen. »Jetzt sei brav und lauf und spiel mit Ejot, und denk daran, frag nie deinen Onkel danach.«

Erschrocken schlich ich davon und holte eine Schnur, die ich vor der Katze über den Boden zog. Herablassend ging sie darauf ein und jagte ihr nach. Aber immer wieder fragte ich mich, was wohl geschehen war. Etwas an Mrs. Emeralds Benehmen sagte mir, daß Rose auf eine tragische und furchtbare Art gestorben sein mußte.

Emile erwähnte sie nie.

Im Lauf dieser durchwachten Nächte erzählte er mir viel Merkwürdiges: von einem Laotenstamm, den Hmong, auf den Philippinen, deren Träume so schrecklich sind, daß häufig ein Träumer daran stirbt; der tödliche Traum heißt Bangangut, und die Angehörigen des Träumers sagen: »Oh, der Gott der Felsen hat ihn im

Schlaf geholt«, oder der Gott der Bäume oder des Sees. Emile erzählte mir von den seltsamen Linien über der Landschaft im Hochland von Peru, die man nur kilometerhoch aus der Luft sehen kann – aber wer soll sie dort oben erkennen außer Gott? Und wer hat sie gemacht? Emile erzählte mir, daß man von einem Menschen träumt, wenn man sich etwas, das mit ihm zusammenhängt, unters Kopfkissen legt; er erzählte mir, wie die römischen Britannier ihre Feinde verfluchten, indem sie einen Priester den Namen des Feindes und den Fluch auf eine Bleirolle schreiben ließen und die im Tempel des Merkur niederlegten; er erzählte mir, daß spanische Landarbeiter glauben, ein Mädchen stirbt, wenn eine Wasserratte sie ansieht. Er erzählte mir von den Jivaros, Kopfjägern, die das Gehirn aus einem Schädel entfernen, einen heißen Stein hineinlegen, die Lippen zunähen und den Kopf umgekehrt ein Jahr lang aufhängen, damit der Geist nicht zurückkehrt. Er erzählte mir, daß ein Fremder einem Baby, das untröstlich weint, ins Gesicht spukken soll, dann beruhigt es sich. Er erzählte mir, daß ein Lama aus den Anden keine Last trägt, die mehr als hundert Pfund wiegt. Er erzählte mir von den Schneetigern in den Sihote Alin-Bergen, vom abscheulichen Schneemenschen und von der dreißig Meter hohen Melassewelle, die 1919 durch die Stadt Boston rollte. All das und noch viel mehr erzählte er mir. Aber nie sprach er von Rose Nightingale.

Eines Nachts kniete ich auf dem großen Ledersofa und schaute wie gewöhnlich hinaus auf den Park in der Hoffnung, die große weiße Eule, die unter der Dachtraufe des Lokals »Zum Kopf der Königin« hauste, bei ihrem nächtlichen Beutezug beobachten zu können. Aber plötzlich sah ich etwas viel Ungewöhnlicheres.

»Onkel Emile! Gerade ist ein Mann aus diesem Baum herausgekommen! Und er ist der sonderbarste Mann, den ich je gesehen habe.«

»Sprich englisch, Kind!« Denn unwillkürlich war ich in meine Muttersprache zurückgefallen.

»Wirklich, komm und sieh ihn dir an, Onkel. Er geht nach vorn gebückt, mit dem Kinn auf den Knien. Und er trägt einen Helm! Und er ist ganz bestimmt aus diesem

Baum herausgekommen. Wie kann ein Mensch aus einem Baum kommen?«

Doch mein Onkel antwortete mit einer Stimme, aus der alles Elend und alle Verzweiflung der Welt herauszuhören waren: »Da ist niemand.«

»Aber ich habe ihn gesehen!«

»Du hast niemanden gesehen. Geh ins Bett, Kind, es ist Zeit, daß du schläfst und dich ausruhst.«

Mein Onkel schickte mich selten ins Bett. Die ungewohnte Strenge in seinem Ton ließ mich gehorchen. Doch es dauerte lange, bis ich einschlief. Wer – oder was – war dieser außergewöhnliche gebückte Schatten eines Mannes gewesen? Konnte ich ihn überhaupt gesehen haben? Und warum vermochte er es – ob er nun wirklich war oder nicht –, meinen Onkel so unglücklich zu machen?

Am nächsten Tag beim Silberputzen erzählte ich Mrs. Emerald, was ich gesehen hatte. Ihr Gesicht wurde weiß, als ich die gebückte, tappende, behelmte Gestalt beschrieb, die offenbar aus einem Baum gekommen war.

»O nein! O nein!« keuchte sie entsetzt und atemlos. »Er geht um! Er geht um! Oh, der arme Tom! Oh, der arme Herr!« Und sie warf sich die Schürze übers Gesicht und schluchzte so gequält, daß ihr dünner Körper zitterte.

Ich natürlich, ein unbesonnenes Kind, wollte bei allem Mitleid für diesen unverständlichen Kummer eine Erklärung haben.

»Was ist das für ein Wesen, Mrs. Emerald? Wer ist das?«

»Niemand, Kind«, antwortete sie genau wie mein Onkel. »Niemand war im Park.«

»Aber er war da! Ich habe ihn gesehen! Ich könnte ihn nicht erfinden!«

»Dann hast du einen Geist gesehen.« Mrs. Emerald wischte sich mit der Schürze über die Augen. »Denn was Fleisch und Blut an dem armen, entstellten Geschöpf war, ist längst verwest. Aber es kann schon sein, daß er wieder umgeht. In der vergangenen Nacht, am vierten November, hat sich das Unglück gejährt.«

»Welches Unglück? Wer war er?«

Sie spürte wohl, daß ich meinen Onkel plagen würde, wenn sie nicht wenigstens einen Teil meiner unbändigen Neugier befriedigte, und so erzählte mir Mrs. Emerald ein paar Einzelheiten über den Buckligen vom Brookpark. Sein Name, sagte sie, war Tom Virgoe. Sie seufzte dabei, als schwänden ihr schon die Sinne, wenn sie ihn nur erwähnte.

»Er war mein Neffe. Der Sohn meiner armen Schwester.«

»Aber warum war er – so?«

»Du weißt«, sagte sie, »daß die Deutschen im Zweiten Weltkrieg Geheimwaffen hatten. Es gab zwei Arten von V-Raketen, die V 1 und die V 2; beide wurden von Stützpunkten auf dem Kontinent abgeschossen und fielen auf London und Umgebung.«

»Ja. Das habe ich gewußt.«

»Außerdem gab es eine dritte Waffe, die V 3. Nur eine wurde abgeschossen, dann entdeckten die Alliierten den Stützpunkt und zerstörten ihn.«

»Was war das für eine Waffe? Was bewirkte sie?«

»Nur eine wurde abgeschossen. Sie tötete fünfhundert Menschen und verwandelte zwanzig Straßen in eine einzige Schlammwüste – oh, die Menschen tun einander gräßliche Dinge an!« Mrs. Emerald wischte sich wieder die Augen. »Aber es war kein gewöhnlicher Sprengkörper. Sie haben nie festgestellt, was es war. Meine arme Schwester wohnte in der Hemp Street, gerade außerhalb des zerbombten Gebiets. Sie wurde bei dem Angriff nicht getötet, aber sie starb zwei Tage später am Schock. Und da wurde Tom geboren.«

In ihrem Ton lag etwas schrecklich Ernstes und Trauriges. Ich wußte, daß ich nicht weiter fragen durfte. Doch wie sollte ich dagegen ankommen? Zitternd sagte ich: »Was ist mit ihm passiert, Mrs. Emerald?«

»Oh, er ist gewachsen«, sagte sie, »auf seine Art. Er brauchte besondere Pflege, genau wie die Leute, die sich um ihn kümmerten. Bevor ihnen das klarwurde, waren zwei Ärzte gestorben. Er mußte immer einen Bleihelm und einen Schutzanzug tragen. Und unter der Erde leben.«

»Unter der Erde? Wo?«

»Hier natürlich«, sagte sie. »Unter dem Brookpark. In den Höhlen.«

Ich hatte nicht gewußt, daß unter dem Brookpark Höhlen waren.

»Und jetzt ist er nicht mehr da?«

»Nein. Ich hab's dir doch gesagt.« Sie klang erschöpft. »Er ist gestorben. Wenn du etwas gesehen hast, dann war es sein Geist. Und wer wollte sich darüber wundern? Armer Tom – armer Tom. Er hatte Gefühle wie alle anderen auch. Er war kein Monster. Er schrieb wunderschöne Lieder. Manchmal dachte ich, er leidet mehr als normale Leute. Lauf, Kind, geh hinaus und spiel mit deinem Ball. Ich habe dir alles erzählt, was du wissen mußt. Sie sind tot, Tom und Rose. Es ist alles vorbei.«

Also ging ich hinaus und spielte im Brookpark Ball. Halb verängstigt, halb fasziniert ging ich auf Zehenspitzen über die Stelle, wo gestern nacht die seltsam gebückte Gestalt ebenso unsicher übers Gras getappt war.

Der heutige Tag hatte den frostigen Biß des Winters. Die Sonne, rot wie eine Bordeaupflaume, schob sich langsam aus dem Nebel, und schwerer Reif lag silbergrau auf dem dünnen Wintergras. Ich suchte den Baum, hinter dem ich Tom Virgoes Erscheinung hatte auftauchen sehen. Und ich fand ihn: eine große Bergulme, fünf Bäume, zu einem zusammengewachsen. Sie stand an der Südseite des Parks, nicht weit vom Lokal »Zum Kopf der Königin«. Während ich sie nervös betrachtete, bemerkte ich ein kleines Gitter daneben im Boden; ein Gitter, das ein Einstiegloch verschloß, mit Stufen darunter, die in die Tiefe führten, offenbar unter die Baumwurzeln.

Ich spähte noch durch dieses Gitter, da kam ein Polizist auf mich zugeschlendert.

»Hast du deinen Ball verloren?« fragte er.

»Nein. Ich wüßte gern, was dort unten ist.«

»Da geht es zu den Abwässerkanälen«, sagte er, ohne zu zögern. »Und du solltest dich nicht darüberbeugen – giftige Dämpfe könnten aufsteigen und dich krank machen. Los, lauf, bevor ich deine Ma rufe. Und laß dich an diesem Gitter nicht noch mal erwischen.«

»Ich habe keine Ma«, sagte ich, und ich lief davon. Die Art und Weise, wie er das sagte, ließ keinen Widerspruch zu.

Weder damals noch bei den folgenden Besuchen wagte ich, Onkel Emile direkt nach Tom Virgoe zu fragen, obwohl ich überzeugt war, daß es eine Verbindung zwischen ihm und dem Tod der armen Rose Nightingale geben mußte.

Natürlich verbrachte ich zunächst viele Nachtstunden fasziniert und verängstigt am Fenster und hoffte, die zusammengekrümmte Gestalt noch einmal zu sehen. Seit ihrem ersten Erscheinen war meine Phantasie fieberhaft mit ihr beschäftigt. Warum hatte Tom Virgoe in den Höhlen leben müssen? Ein Weinhändler, Kollege von Emile, hatte mich einmal nach Chistlehurst mitgenommen, und ich hatte in der französischen Provinz Champagne Keller besichtigt. Waren die Höhlen vom Brookpark so ähnlich – ein Labyrinth aus hohen, leuchtendweißen Gängen, einige von vorgeschichtlichen Menschen gegraben, mit Steinmessern aus dem Kalk gekratzt und voll mit pelziger Dunkelheit? Wie hatte der Bucklige seine Tage verbracht? Waren Tiere an die Wände gemalt, wie ich sie auf Reisen mit meinem Vater in Moustier und in den Höhlen des Lot-Tals besichtigt hatte?

Manchmal, wenn ich sah, wie der Wind Platanenblätter durch den Brookpark blies, oder wie die purpurroten Busse die Shepherds Bush Road hinunterfuhren, oder wie weiße Möwen zum stürmischen Dezemberhimmel hinaufflogen, dachte ich an den unseligen Tom Virgoe, der dazu verurteilt gewesen war, sein Leben wie ein Maulwurf in der Dunkelheit zu verbringen.

Die Dämmerung brach an diesen nebeligen Wintertagen früh über London herein. Um drei oder vier Uhr nachmittags leuchteten die Straßenlaternen schon rosa und orange. Jetzt hatte sich mein Onkel Emile etwas Neues angewöhnt, eine neue Absonderlichkeit. Sobald es dunkel wurde, ging er aus, nicht in sein Büro, sondern er fuhr kreuz und quer mit dem Bus durch die City. Hin und her, hin und her, bis zu fünf- oder sechsmal an einem Abend.

»O Herr! Sie richten sich noch zugrunde!« hörte ich Mrs. Emerald unglücklich zu ihm sagen. »Wirklich, wirklich, Sie sollten das nicht tun.«

»Am besten kann ich im Bus an sie denken«, gab er zurück. »Mich erinnern. An sie denken.«

Manchmal fuhr ich mit ihm, und ich bemerkte, wie unruhig, ängstlich, unablässig und gierig er durchs Fenster den Bussen entgegenspähte, die in die andere Richtung fuhren. »Wenn zwei Fahrzeuge in entgegengesetzten Richtungen unterwegs sind, müssen sie einander begegnen. Gott sei Dank! Denn wenn meines hinter dem ihren herführe – würde ich sie nie einholen.«

Daraus schloß ich, daß er hoffte, dem Geist von Rose irgendwo zwischen Hammersmith und Liverpool Street zu begegnen; schließlich ging auch der Geist von Tom im Brookpark um.

Im folgenden Jahr, als ich zehn war und an einem verschneiten Abend durch die milchigen Flocken im Park zum Briefkasten lief, hörte ich eine Stimme – eine unheimliche, hohe, kalte Stimme, die bewegend schön ein Lied sang, an das ich mich dunkel erinnerte. Es war in Frankreich und Italien einmal sehr beliebt gewesen, und man hatte es in verschiedene europäische Sprachen übersetzt wie ›Jennifer‹, überall gespielt und gesungen:

»Tio Pepe trinken und von Rose träumen,
So vergeht der Abend; Wind rauscht in den Bäumen.
Neun, die Uhr tickt, zehn und elf, dann schlägt's
Mitternacht.
Und ich hab die ganze Zeit nur an sie gedacht ...«

Hatte ich wirklich die Stimme gehört, oder hatte ich es mir eingebildet?

Ich warf meinen Brief ein – in dem ich meinem Vater geschrieben hatte, wann ich nach Frankreich zurückkehrte – und rannte, plötzlich sehr erregt und nervös, ins Haus zurück. Mrs. Emerald kam überrascht aus der Küche, weil ich die Haustür so heftig zugeschlagen hatte.

»Was ist los, Kind?«

»Nichts«, log ich.

Doch die wehmütige Melodie ging mir nicht aus dem Kopf, und ein paar Tage später fing ich gedankenlos an, sie vor mich hin zu summen, dann sang ich den Text. Onkel Emile stand unvermittelt auf (wir saßen beim Frühstück) und ging aus dem Zimmer. Und zu meiner höchsten Überraschung gab mir Mrs. Emerald, die bedächtige, sanfte Mrs. Emerald, eine schallende Ohrfeige. »Ich will nie mehr hören, daß du das singst!« sagte sie.

»Warum nicht?« stieß ich hervor und rieb meine brennende Backe.

»Tom Virgoe hat dieses Lied geschrieben!«

»Er hat es *geschrieben*?«

»Ich hab es dir gesagt. So hat er sich seinen Lebensunterhalt verdient – der arme Mensch.«

Das Thema wurde nicht mehr erwähnt. Die letzten Tage meines Besuchs verliefen ereignislos, und nicht ohne Bedauern kehrte ich in die Wärme und Ruhe von Südfrankreich zurück.

Bei meinem nächsten Besuch mit zwölf glaubte ich fast, daß ich die ganze Sache mit dem Buckligen erfunden haben mußte. Wahrscheinlich war es ein Traum gewesen, vielleicht mehrere Träume. Die gütige, ruhige Mrs. Emerald konnte mir eine so haarsträubende Geschichte nicht erzählt haben. Sie war das Ergebnis der nächtlichen Gespräche im Wohnzimmer, als die bizarren Dinge, die Onkel Emile mir erzählte, in meinem Kopf wirbelten und sich vermischten und dann zu einem betäubenden Trank fermentierten, der sich, wie bei der Entstehung des Weins, von den ursprünglichen Bestandteilen völlig unterschied. So mußte es gewesen sein. Am Brookpark hatte ich immer seltsame Träume. In diesen verdichteten Stunden des Schlafs drängten sich die Geräusche Londons in mein Hirn, schufen geisterhafte Muster und groteske Episoden, in denen ich häufiger Zuschauer als Handelnder war. Und darüber war ich froh, denn die Träume erschreckten mich oft so, daß ich als persönlich Beteiligter vor Entsetzen gestorben wäre wie die Laoten in ihrem Bangangut.

Diesmal kam ich in den Sommerferien, es war heiß, ein verträumter, träger Urlaub von der Zeit; vor dem Gasthaus »Zum Kopf der Königin« saßen die Gäste mit ihrem Bier auf Metallstühlen, Hunde lagen hechelnd im Staub, das Gras im Brookpark sah schlaff und kümmerlich aus, und die Atmosphäre im ganzen Viertel war von einer lässigen, sorglosen Gleichgültigkeit wie zu Hause in der Provence.

Mrs. Emerald und mein Onkel erschienen mir unverändert, gehärtet in der Gußform der reiferen Jahre, vertraut wie zwei Gestalten aus einem vielgelesenen Buch, das man irgendwo aufschlägt, um seine Lieblingsstellen wiederzufinden.

In jenem heißen, windigen Sommer gehörte es zu meinen Lieblingsbeschäftigungen, Pferde auf Papier zu zeichnen, sie auszuschneiden und aus dem Fenster wehen zu lassen. Ich stellte mir vor, wie sie durch den Park rasten und wie die Vögel zwischen den Zweigen flatterten. Ich gab ihnen Namen und erfand Abenteuer für sie.

Dieses Spiel ärgerte meinen Onkel aus verschiedenen Gründen. Erstens fand er es kindisch, und das war es zweifellos.

»Kannst du nichts Besseres mit deiner Zeit anfangen?«

Zweitens sagte er zu Recht, es sei umweltverschmutzend und gesellschaftsfeindlich; meine Papierpferde vermehrten den Schmutz und den Abfall im Park, wo Schulkinder ihre Eisverpackungen wegwarfen und Erwachsene Bierdosen liegenließen. Drittens sei es ein Beweis von Dummheit. Hatte ich nichts Interessanteres im Kopf als Pferde?

»Ich will Jockey werden«, verteidigte ich mich.

Das versetzte meinen Onkel in Zorn. Er hielt mir einen zehnminütigen Vortrag darüber, wie töricht und vulgär es sei, einen so hirnlosen Ehrgeiz zu nähren, wenn ein Familienunternehmen von eindrucksvoller Tradition und Reputation auf mich wartete.

Ich sagte: »Ich werde einen Geschäftsführer einstellen, der sich darum kümmert.«

Emile ließ sich weder zum Fluchen noch zu Gewalttätigkeiten hinreißen, wenn er wütend wurde – was äußerst selten war. Jetzt betrachtete er mich mit zusammengepreßten Lippen und eingezogenen Nasenflügeln, wurde noch sehr viel blasser als gewöhnlich, nahm seine Aktentasche und verließ das Haus. Es war acht Uhr abends. Ich sah ihn durch den Park zur Shepherds Bush Road gehen, wo die Busse der Linie elf warteten, und am liebsten wäre ich ihm nachgelaufen und hätte ihn um Verzeihung gebeten, hätte ihm gesagt, daß ich nur einen schlechten Witz gemacht hatte.

Doch Mrs. Emerald sagte scharf: »So! Jetzt hast du deinen Onkel aufgeregt. Du solltest dich schämen, so gut, wie er zu dir ist! Geh und mach sein Bett, und dann setzt du dich zwei Stunden über deine Bücher.«

Zerknirscht und beschämt schlich ich aus dem Zimmer.

Obwohl Emile nie schlief, hatte er ein Schlafzimmer, einen kleinen, zellenähnlichen Raum mit einem schmalen Eisenbett und einem Kleiderschrank. Hier ruhte er eine Stunde lang, bevor er in die City ging. Dabei wurde sein Bett kaum unordentlich; auf dem Kopfkissen sah man lediglich den schwachen Abdruck seines Kopfes. Ich schüttelte das Kissen auf und entdeckte darunter einen Busfahrschein.

RS 0005, stand darauf, und automatisch übersetzte ich: RSE. Rose.

»Wenn du von einem Menschen träumen willst«, hatte mir Emile gesagt, »dann lege irgendeinen Gegenstand, der mit ihm in Beziehung steht, zum Beispiel einen Brief oder ein Foto, unter dein Kopfkissen. Ein indianischer Medizinmann hat mir das erzählt.«

Onkel Emile wollte von Rose träumen. Doch wie konnte er träumen, wenn er nie schlief?

Als ich zwei Stunden lang gelernt hatte, ging ich hinaus in den Park. Vom Gasthaus wehte Musik herüber, und ich erkannte die Melodie, die in diesem Sommer wieder populär geworden war: »Tio Pepe trinken und von Rose träumen ...«

Kein Wunder, daß mein Onkel gegenwärtig so empfindlich und reizbar war; überall hörte man das Lied.

Mein Verhältnis zu Emile war nicht mehr so harmonisch wie früher; vielleicht, weil ich älter war, kein fügsames, liebenswertes kleines Kind mehr, sondern ein linkischer, widerspenstiger Zwölfjähriger. Dennoch war ich wütend auf mich, weil ich ihn verulkt hatte, und wartete im Park auf ihn, bis er spät in der Nacht nach Hause kam.

»Es tut mir leid, daß ich dich geärgert habe, Onkel Emile. Ich habe nur Spaß gemacht. Ich will gar kein Jokkey werden. Und ich habe alle meine Papierpferde aufgesammelt.«

»Eh bien, schon in Ordnung. Wir wollen es vergessen«, sagte er müde. »Wahrscheinlich fühlst du dich hier in der Stadt beengt. Es geht mir selbst so.« Plötzlich merkte ich, daß er alt wurde; auf seiner Stirn waren tiefe Falten, und an seinen Schläfen waren die zurückgebürsteten Haare weiß. »Gehen wir noch mal durch den Park«, sagte er. »Im Bus war es so heiß wie in der Hölle.«

Im Park war es nicht kühler; die Nacht war drückend und schwül geworden. Die Gewitterwolken am Himmel hingen so tief, daß die aprikosenfarbenen Laternen an der Shepherds Bush Road wie lauter Stecknadelköpfe in der Dunkelheit aussahen; die Bäume und Häuser rund um den Park waren trüb verhangen.

»Die Luft ist wie Vichyssoise«, sagte mein Onkel.

Geräusche waren gut zu hören in dieser erstickenden Stille, und ein Nachtbummler sang auf dem Heimweg spöttisch und leichtherzig den Refrain: »Tio Pepe trinken und von Rose träumen ...«

»Oh!« rief Onkel Emile und blieb stehen. »Ich kann das nicht mehr aushalten!« Er hob die geballten Fäuste und schüttelte sie; sein Gesicht war geisterhaft bleich, von Schweiß überperlt. »Ich würde alle Jahre meines Lebens geben – meines Lebens, ha! – was hat es für einen Sinn? Ich würde alles hingeben – alles – alles – wenn ich sie nur noch einmal sehen könnte. Nur einmal!« Er stand da mitten im Park und rief mit lauter Stimme: *»Rose! Rose! Rose!«* so flehend und sehnsüchtig, daß mein Herz vor Mitleid fast stillgestanden hätte.

So warteten wir mitten im Park.

Niemand war in der Nähe – oder niemand war zu sehen. Denn die Luft war jetzt so schwarz und dick, als wären wir in schwarzen Stoff gehüllt oder in dunklen Aspik eingeschlossen; kaum konnte man atmen. Ich fürchtete mich und griff nach der Hand meines Onkels. Doch seine Finger waren eiskalt und gaben mir wenig Trost.

Dann *sah* ich etwas in der Ferne: einen schwachen,

phosphoreszierenden Schein, der sich langsam auf uns zubewegte. Als er ganz allmählich näher kam, erkannte ich die gekrümmte, bucklige Gestalt, die ich schon einmal gesehen hatte.

Tom Virgoe!

Seine Hände hielten seine Fußknöchel umfaßt, sein seltsam behelmter Kopf pendelte vor seinen Schienbeinen, und so schleppte er sich mühsam auf uns zu. Kein Laut war von ihm zu hören. Ich bekam schreckliche Angst, packte Onkel Emiles Hand und flüsterte: »Onkel, o bitte, wir wollen nach Hause ...«

Doch mein Onkel hatte sich von Tom Virgoe abgewandt, er starrte in die entgegengesetzte Richtung, und der Griff, mit dem er meine Hand umklammerte, war so fest geworden, daß ich, selbst wenn ich es gewollt hätte, nicht freigekommen wäre. »Rose!« flüsterte er. »Ah! Es *ist* Rose. Endlich!«

Geisterhaft und dünn wie eine Kerzenflamme schwebte sie über das Gras, das schlaff und aschfarben im schwachen Licht der Straßenlaternen dalag. Es *war* Rose. Ich erkannte ihre glänzenden Augen, die stolze Haltung ihres Kopfes auf dem schlanken Hals, vor allem ihre Bewegungen, so rasch und leicht wie die eines Weidenblatts.

»Rose!« sagte mein Onkel wieder. »Endlich bist du gekommen!«

Sie schien ihn mitfühlend, aber auch vorwurfsvoll anzuschauen. Und mir war, als hörte ich ihre Stimme, doch mehr im Kopf als im Ohr.

»Warum, *warum* hältst du uns hier fest? Warum holst du uns ständig zurück? Hast du kein Mitleid mit uns? Du bist wie eine Kette, die uns an unsere Gräber fesselt. Warum kannst du uns nicht ziehen lassen?«

Er stöhnte. »Aber Rose, was soll ich tun? Du bist meine einzige Liebe – das einzige Licht meines Lebens.«

»Aber ich«, antwortete sie mit dieser silbrigen, unirdischen Stimme, »ich liebe *dich* nicht. Warum sollten deine Bitten, deine Beharrlichkeit mich hier festhalten? Tom ist es, den ich liebe.«

Und sie schwebte in der unnatürlichen Dunkelheit an uns vorbei zu der anderen Erscheinung.

Da stieß mein Onkel einen Schrei aus, einen Klageruf

von so verzweifelter Pein, daß sich meine Kehle zusammenzog. Er ließ meine Hand los und stolperte der zurückweichenden Gestalt von Rose nach.

»Aber du mußt doch *irgend etwas* für mich empfinden – *irgend etwas?* Tom! Einst habe ich für dich getan, was ich konnte – ich habe dir geholfen ... Laß nicht zu, daß sie mich völlig verläßt ...«

Die beiden schimmernden Gestalten waren nun nebeneinander bei der großen Ulme, ein Stück von uns entfernt.

Mit atemlosen Entsetzen beobachtete ich, wie der Bucklige sich langsam streckte. Zentimeter um Zentimeter richtete er sich auf, bis er geradestand; mein Onkel näherte sich ihm, und Tom Virgoe schob ein nebelhaftes Visier zur Seite, so daß sich die beiden Männer gerade in die Augen schauten. Und dann wurde ich Zeuge eines entsetzlichen Vorgangs, den ich bis zu meinem Tod und vielleicht darüber hinaus nicht vergessen werde: Emiles schmerzverzerrtes, flehendes Gesicht *schmolz* von den Knochen, auch seine Arme und Beine und der Rumpf schmolzen wie Siegelwachs in der Flamme, und schließlich brach das, was von ihm noch übrig war, am Boden zusammen, während die Gestalten von Rose Nigthingale und Tom Virgoe hinter der großen Ulme verschwanden.

Ich schrie aus Leibeskräften und lief zum Haus, doch bevor ich es erreichte, gab es einen Blitz im Dunst, als ob Spiritus sich entzündet, und dann ein dumpfes Rauschen, als hielte jemand ein Riesenstreichholz an einen enormen Gasherd. Zwei Sekunden später traf mich eine Druckwelle mit solcher Kraft, daß ich das Bewußtsein verlor.

Als ich zu mir kam, lag ich auf dem Pflaster und umklammerte ein Papierpferd. Ein Polizist beugte sich mit halb besorgter, halb ärgerlicher Miene über mich.

»Du kannst von Glück sagen, daß du noch lebst!« schimpfte und tröstete er zugleich. »Einfach auf die Straße zu laufen, und das wegen einem Papierfetzen! Du solltest dich schämen. Und der arme Kerl, der dich angefahren hat? Was meinst du, wie dem zumute ist? Ich hab dich rennen sehen wie eine Katze mit einer Blechdose am Schwanz! Ist alles in Ordnung? Nichts gebrochen? Der Fahrer hat nicht angehalten – wahrscheinlich hast du ihn zu Tode erschreckt. Lauf jetzt nach Hause, bevor ich deinem Vater sage, daß er mal ernsthaft mit dir reden soll.«

Verwirrt wankte ich nach Hause. Mrs. Emerald war vor Sorge fast außer sich.

»Da bist du endlich! Aber wo ist dein Onkel? Ich dachte, du wolltest ihn abholen. Ich hoffe zu Gott, daß ihm in diesem Unwetter nichts zustößt.«

Denn die drückende Hitze entlud sich jetzt in einem sintflutartigen Gewitter: Blitze zerschnitten den Himmel, Donner brüllte über uns und wurde fast übertönt vom Hagel, der mit ungeheurer Gewalt herniederprasselte. In dieser Nacht stieg die Themse in zwei Stunden um mehr als vier Meter, trat über die Ufer und überschwemmte die tiefgelegenen Bereiche von Hammersmith, Putney und Fulham. Keller wurden überflutet, Tiefgaragen zerstört, und die Höhlen vom Brookpark füllten sich mit Wasser. Es dauerte zwei Wochen, bis sie leergepumpt waren, und in dieser Zeit kam mein Onkel weder nach Hause noch wurde er irgendwo gesehen. Suchmeldungen der Polizei im Radio, Fernsehen und in den Zeitungen hatten keinen Erfolg; man nahm an, er sei entführt worden.

Wie konnte ich irgend jemandem erzählen, was ich gesehen hatte? Noch nicht einmal Mrs. Emerald wagte ich es zu sagen; auch meinem Vater nicht, der vier Tage später in England eintraf. Ich dachte, ich würde verrückt; oder ich hatte diese schreckliche Szene geträumt.

Doch als die Höhlen vom Brookpark leergepumpt waren, fand man drei Skelette: die von Rose Nightingale und Tom Virgoe, lange tot, in den Bleisärgen, in denen sie vor Jahren beerdigt worden waren; und ein neueres, das durch Armbanduhr, Schulterblatt und Brillantnadel als das meines Onkels identifiziert wurde. Doch Uhr und Nadel waren geschmolzen und merkwürdig verglüht, als wären sie Strahlungen ausgesetzt gewesen, und die Knochen waren geschwärzt wie von ungeheurer Hitze.

Nach dem Begräbnis nahm mein Vater mich mit zurück nach Frankreich, das Londoner Büro vertraute er einem Geschäftsführer an.

Bevor wir abreisten, nahm ich allen Mut zusammen

und erzählte Mrs. Emerald, was ich in der Nacht des Unwetters zu sehen geglaubt hatte, und sie weinte sich das Herz leer.

»Ach, der arme Herr! Er hätte sein Leben für Rose gegeben. Doch es war Tom, den sie liebte – immer –, seine Lieder und seine Gedichte. Und ich glaube, die Gefahr hat sie herausgefordert; so sind die Mädchen. Dein Onkel war sehr gut zu Tom. Er schickte Toms Lieder einem Verleger – und er hoffte, Rose würde es ihm danken, aber sie verschwendete kaum einen Gedanken an ihn. Immer war es Tom – seit sie ihn zum erstenmal gesehen hatte. ›Zeigst du mir, wo du lebst?‹ bat sie ihn immer wieder. ›Ich fürchte mich nicht vor der Dunkelheit.‹ Wir warnten sie, es sei gefährlich, doch sie ging mit. Ach, warum ist das Leben so ungerecht? Aber ich hoffe, der Herr ist jetzt glücklich. Wie können wir das wissen?«

Die arme Mrs. Emerald – so gütig, so selbstlos. Ich sah sie nie wieder. Und als ich ein paar Jahre später den Brookpark wieder sah, stellte ich fest, daß die große Bergulme an der Südseite des Parks nicht mehr da war. Es gab auch kein Zeichen, daß es sie je gegeben hatte. Eine ununterbrochene Reihe normal großer Bäume zog sich in regelmäßigen Abständen von einem Ende zum anderen.

Seltsam! Denn ich habe andere Leute getroffen, die sich an diesen Baum erinnern ...

»Oh, aber es ist *herrlich* hier! Welch ein Glück, so etwas zu finden!«

Die amerikanische Besucherin, Minna Lee Jensen, hielt ihren japsenden, unruhigen Hund fest an der Leine; sie schaute sich mit aufrichtiger, wenn auch leicht übertriebener Bewunderung im Garten um und fragte dann: »Wo kann ich diese Bestie lassen? Ich fürchte, er geht an Ihre Pflanzen. Ich hab's, ich binde ihn an einen Baum. Da wird er sich bald beruhigen.«

Ihre wesentlich jüngere Gastgeberin, Syria Cadell, hatte eine Theorie über Menschen und ihre Tiere entwickelt, nach der die Haustiere unausgelebte Emotionen ihrer Besitzer verkörperten. Der große, struppige, unansehnliche Hund schien auf den ersten Blick überhaupt nicht zu der eleganten, exotischen Minna Lee mit ihren dunklen, feuchten Augen und ihrem weichen, südlichen Akzent zu passen.

»Der arme Kerl, er haßt Männer«, sagte Minna Lee lachend, während sie den Hund an einem jungen Nußbaum festband. »Ich habe ihn aus dem Tierheim in Midlock geholt, weil Larry den ganzen Tag mit seinen Forschungen im Staatsarchiv beschäftigt ist und ich Gesellschaft brauchte. Doch offenbar hat dieser Hund, Dschingis, einer unglücklichen Frau gehört, die von ihrem Mann geschlagen wurde, und Dschingis hat sie verteidigt. Jetzt wagt sich der arme Larry noch nicht einmal zum Geschirrabtrocknen in meine Nähe, wenn der Hund nicht angebunden ist.«

»Ich hole ihm eine Schüssel Wasser«, sagte Syria und fand es ganz gut, daß das Tier nicht frei herumlief; ihr Mann hatte eine fast krankhafte Abneigung gegenüber Hunden. »Jetzt kommen Sie und schauen Sie sich alles an«, schlug sie vor, als Dschingis nach einem dumpfen Knurren sich widerwillig mit seiner Lage abfand.

»Wie lange haben Sie vor zu bleiben?« Minna Lee folgte Syria ums Haus, das einen cremefarbenen Anstrich, große georgianische Schiebefenster und schlichte dunkelgraue Fensterläden hatte. Durch die Läden und die Giebelfenster im schiefergedeckten Mansardendach bekam das Gebäude ein französisches Aussehen, das im Widerspruch zu den malerischen Gärten und der weiträumigen englischen Landschaft stand.

»Etwa drei Monate – bis es Dermot deutlich besser geht.«

»Aber das ist einfach *vollkommen* hier! Ich bin hingerissen von diesem Rasenhang. Und der entzückende kleine See, und die Insel! Und, oh, diese Trauerweide! Wie haben Sie dieses Fleckchen Erde denn gefunden?«

»Eine meiner Tanten«, sagte Syria unbestimmt, »kennt die Besitzer. Sie verbringen einen Großteil des Jahres in Barbados.«

Jetzt gesellten sich die beiden Ehemänner zu ihnen. Dermot Cadell, ein großer, ungepflegter, rothaariger Mann, der bereits einen kleinen Bauch hatte, legte seiner Frau besitzergreifend die Hand in den Nacken. Syria, zierlich, adrett, farblos, mit kurzgeschnittenen Haaren, reichte ihm kaum bis zur Schulter und sah eher wie seine Tochter aus.

Er erklärte den Gästen: »Syrias Tante ist Lady Mountjoy. Die Besitzer – sie heißen Cholmelay-Spencer – sind mit Lady Mountjoy verwandt.«

Wie beabsichtigt, zeigten sich die amerikanischen Gäste von diesen Namen höflich beeindruckt, und Minna Lee murmelte: »Zu diesen Gärten gehört doch hoffentlich ein Gärtner? Oder müssen Sie sich um alle diese Rasen und Blumenbeete selbst kümmern?«

»Nein, nein, das macht ein Gärtner. Saunders.« Syria fügte nicht hinzu, daß die Kosten für diese ganze Großartigkeit weit über ihre Verhältnisse gingen. Dermot hatte gesagt: »Wir wollen es genießen, solange wir können. Irgend etwas wird sich ergeben.« Er hatte von seiner Fernsehgesellschaft sechs Monate Urlaub bekommen, um sich von einer schweren Hepatitis zu erholen; doch nach einem Monat hatte es umwälzende Veränderungen im Büro gegeben, und ihm war plötzlich mitgeteilt worden, er brauche nicht zurückzukommen, weil Personal abgebaut werde und sein Arbeitsplatz eingespart sei. Eine mäßige Abfindung hatte seinen Zorn über diesen Verrat, wie er es nannte, nicht besänftigt. Mit Hilfe seiner Gewerkschaft kämpfte er um Wiedereinstellung oder zumindest um eine wesentlich höhere Entschädigung. Inzwischen hatte das Paar die Alte Pfarrei in Wiston Green gemietet, weil der Mietvertrag für ihre Londoner Wohnung ausgelaufen war und Landluft Dermot guttun sollte.

Dermot war mit Geld schon immer großzügig umgegangen. »Es ist besser, so zu tun, als hätte man genug davon«, sagte er Syria häufig. »Die Leute verachten einen einfach, wenn man jammernd und um Verzeihung bittend umherschleicht und jedem die Stiefel leckt.«

Syria machte sich ständig Sorgen um das Geld, und sie liebte die Alte Pfarrei nicht ohne Schuldgefühle. Das Innere des Hauses war ziemlich karg und dunkel, doch sie verbrachte den ganzen Tag draußen. Die riesige Buche, der See, der Garten mit seinen Mäuerchen und der runden Pforte, das alles schien zu gut, um wahr zu sein. Dennoch hatte sie das nervöse Gefühl, unter Vorspiegelung falscher Tatsachen hier zu sein und entsetzlich bestraft zu werden, wenn das herauskam. Inzwischen sonnte sie sich auf dem Rasen, roch an den Limonenblüten und erkundete alle Ecken des großen Grundstücks. Dermot andererseits kümmerte sich nicht um seine Umgebung, er war ganz damit beschäftigt, beleidigende Briefe an die Fernsehgesellschaft und an seine Gewerkschaft zu schreiben; doch er genoß die Atmosphäre eines gehobenen Lebensstils, die das Haus vermittelte, und war gleich bereit gewesen, die Jensens einzuladen, als sich herausstellte, daß sie im nahen Städtchen Midlock wohnten. Laurence Jensen, ein amerikanischer Journalist, gehörte zu den Zufallsbekanntschaften, die Dermot so gern mit enormer anfänglicher Begeisterung sammelte. Die beiden Paare hatten sich bei einem unfreiwilligen neunstündigen Aufenthalt im Flughafen von Heraklion angefreundet und seither sporadisch miteinander korrespondiert. Jetzt verbrachte Laurence sechs Monate in England und sammelte Material für die Biographie von Francis Coote, einem unbedeutenden Biologen und Dichter aus dem neunzehnten Jahrhundert, der seine letzten Lebensjahre in Midlock zugebracht hatte.

»Ein Glück, daß wir die Jensens so nahe haben«, hatte

Dermot mit seiner üblichen Arroganz festgestellt, »denn die Einheimischen sind bestimmt dickschädelige alte Schlafmützen, die meinen, Disraeli sei immer noch Premierminister.«

Syria blieb still und skeptisch; sie sah eine kurze Periode unnatürlicher Intimität mit den Jensens voraus, gefolgt von wesentlich kühleren Beziehungen oder einem endgültigen Bruch; nach vier Ehejahren war ihr der Ablauf von Dermots Freundschaften vertraut.

»Ich bringe etwas zu trinken hier heraus, wenn's recht ist«, schlug sie vor und deutete auf den Gartentisch und die Bank unter der großen Buche.

»Danke, Schatz«, sagte Dermot, der bereits eine politische Diskussion mit Laurence Jensen begonnen hatte – »ein gutes altes heißes Wortgefecht«, wie er es nannte.

»Das wäre himmlisch«, stimmte Minna Lee zu, die für die kühle Düsternis im Haus nicht viel übrig hatte. »Dann können wir diese herrliche Aussicht genießen.«

Sie ging mit Syria hinein, um ihr zu helfen, und fragte: »Wissen Sie etwas über die Geschichte des Hauses?« Minna Lee war Professorin für Geschichte an der Columbia-Universität und kam sich etwas verloren vor, während ihr Mann seine Recherchen über Francis Coote anstellte.

»Ich fürchte, nicht viel«, mußte Syria zugeben. »Im neunzehnten Jahrhundert war dies die Pfarrei – wie der Name schon sagt. Viktorianische Pfarrer konnten sehr viel aufwendiger leben als die von heute. Die gegenwärtigen Besitzer sind irgendwelche indirekte Nachkommen des Mannes, der von 1861 bis 1900 hier Pfarrer war.« Sie schüttete Eiswürfel in einen Weinkühler aus massivem Mahagoni.

»Wie hat er geheißen?«

»Baird.« Syria nahm das Tablett mit den Gläsern und ging damit in den Garten. »Hochwürden Augustus Baird. Er war verheiratet, aber seine Frau ist jung gestorben; *er* ist achtundneunzig geworden. Auf dem Kirchhof habe ich ihre Grabsteine gefunden, genau auf der anderen Seite dieser Mauer.«

»Baird? Wo ist mir vor kurzem dieser Name begegnet? Larry«, Minna Lee unterbrach einen heftigen Wortwechsel zwischen den beiden Männern, »bist du bei deiner Arbeit über Francis Coote nicht auf einen Pfarrer Baird gestoßen?«

»Baird? Sicher.« Larry, ein schmaler, dunkler, stiller Mann mit einer Hornbrille, schien die Ablenkung zu begrüßen. »Es gab einen Pfarrer Baird, der recht regelmäßig mit Coote korrespondierte. Einige seiner Briefe kamen aus Kanada. Und, ja, jetzt fällt es mir ein, seine spätere Adresse war die Pfarrei, Wiston Green.«

»Oh, dann wissen Sie also alles über ihn?«

»Noch nicht. Ich habe gerade erst angefangen, diesen Briefwechsel zu sichten. Wenn sich etwas Interessantes ergibt, werde ich es Sie wissen lassen. Können Sie mir etwas über ihn erzählen?«

»Nur, daß er achtundneunzig geworden ist und sich einen Bären hielt.« Syria deutete lachend auf einen etwa ein Meter achtzig hohen, flechtenbewachsenen Obelisk, der ein Stück entfernt unter Limonenbäumen auf dem Rasen zu sehen war. »Auf der einen Seite steht: ›Sultan, ein Freund‹, und auf der anderen: ›Dieser Stein wurde von Augustus Baird errichtet zur Erinnerung an einen Schwarzbären.‹«

»Ein merkwürdiges Haustier«, bemerkte Minna Lee und sah aus, als bedauerte sie, nicht selbst darauf gekommen zu sein. Sie nippte an ihrem Wodka. »Aber wie kommt ein englischer Kirchenmann an einen Bären?«

»Vielleicht hat er ihn aus einem Zirkus gerettet?« sagte Dermot, den dieses Thema langweilte. »Aber hören Sie, Larry – um zu der Frage zurückzukommen, bei der wir gerade waren –: Die Ausbeutung der Dritten Welt durch kapitalistische Interessen ...«

Er stürzte sich wieder in die Diskussion, ohne das Widerstreben des anderen zu bemerken – oder ohne sich darum zu kümmern.

Syria, die schüchtern und zurückhaltend war und nicht dazu neigte, Menschen zu beurteilen, stellte plötzlich fest, daß sie ein Urteil über ihren Mann fällte. Zwölf Jahre älter als sie, mit Begeisterungsfähigkeit, klarem Verstand, Wachheit und Wissensdurst begabt, war ihr Dermot zuerst wie eine Art Befreier vorgekommen, mit dessen Hilfe sie ihre Komplexe loswerden und neue und lebendigere Interessensphären kennenlernen würde. Doch jetzt sah sie ihn plötzlich als arrogant, unsensibel und schulmeisterlich. Merkt er denn nicht, wie er dieses Paar langweilt? dachte sie. Und wir müssen sie nach Midlock zurückfahren; wie schaffe ich es bloß, ihn lange genug von diesem Streit loszueisen, um ihm klarzumachen, daß es zehn nach acht ist und wir sie zum Abendessen einladen müssen, wenn sie noch länger bleiben, und dabei haben wir nur drei hartgekochte Eier und ein Eckchen Käse im Haus?

Deshalb hat sein Büro die Chance wahrgenommen, ihn loszuwerden, erkannte sie, und natürlich wollen sie ihn nicht wieder; und wenn er nicht achtgibt, macht er sich auch die Leute bei seiner Gewerkschaft zu Feinden, weil er sie über ihre Arbeit belehren will, und dann sind sie nicht mehr bereit, ihm zu helfen.

Minna Lee unterbrach Dermots Redefluß und rettete so die Situation. »Schatz, wir müssen gehen«, sagte sie kühl zu ihrem Mann. »Es tut mir leid, die Cadells aufzuscheuchen, aber sie müssen uns zurückbringen ...« Die Jensens, Weltstädter aus New York, fuhren nicht Auto und hatten keinen Wagen.

»Großer Gott, ihr könnt jetzt doch nicht gehen! Wir kommen gerade in Fahrt«, protestierte Dermot. Er schwitzte, seine roten Haare hingen ihm wirr um den Kopf, sein Hemd war bis zur Taille aufgeknöpft; er hatte nicht die geringste Absicht, eine so vielversprechende Diskussion abzubrechen. »Syria kann uns eine Kleinigkeit zum Essen machen, nicht wahr, mein Kleines?«

Doch die Jensens beharrten darauf, daß sie ihrer Hauswirtin versprochen hatten, sie zum Fernsehen einzuladen, und deshalb in ihre Mietwohnung in Midlock zurück mußten.

»Wir beide sollten uns mal wieder treffen«, schlug Minna Lee Syria vor. »Unsere Männer müssen ja nicht dabeisein. Fahren Sie nach Midlock zum Einkaufen? Wir könnten zusammen Mittag essen und ein bißchen klönen.«

»Gern«, sagte Syria. »Wenn ich das nächste Mal hinfahre, rufe ich Sie vorher an.«

»Einen Moment, Larry«, rief Minna Lee, »ich muß noch meine ungesellige Bestie holen ...«

Doch als Minna Lee zu dem Baum ging, an dem sie Dschingis angebunden hatte, stellte sie fest, und niemand war überrascht, daß er seine Leine durchgebissen hatte und verschwunden war. Soviel sie auch riefen und pfiffen, er kam nicht. Larry zeigte darüber unverhüllte Befriedigung, doch Minna Lee war verärgert.

»Wahrscheinlich ist er zu seinem alten Besitzer zurück. Aber wenn er hier auftauchen sollte – es tut mir *sehr* leid, Sie damit zu belästigen, aber würden Sie mich dann anrufen? Ich fühle mich für ihn verantwortlich.«

»Natürlich«, sagte Syria. Die beiden Frauen küßten sich zum Abschied, und jede bedauerte die andere. Syria glaubte Blicke voll kalter Antipathie zwischen den Jensens bemerkt zu haben, während Minna Lee aufrichtiges Mitleid mit dem armen Mädchen hatte, das mit diesem rechthaberischen ungezogenen Flegel verheiratet war.

»Kommen Sie«, Dermot hielt die Wagentür auf, »wir können beim Fahren weiterreden.«

»Bitte tun Sie das nicht!« bat Minna Lee. »Wenn mich etwas nervös macht, dann ist es ein Streit auf der Autobahn.«

Syria sagte, sie wolle zu Hause bleiben; sie müsse noch Briefe schreiben.

»Sie haben keinen Butler, oder?« fragte Minna Lee, als sie in den Wagen stieg.

»Großer Gott, nein. Nur eine Putzfrau einmal in der Woche. Warum fragen Sie?«

»Ich dachte, ich hätte einen Mann in Schwarz an der Hausecke gesehen.«

»Das ist die Zypresse. Ich habe sie schon ein paarmal für einen Menschen gehalten.«

»Eher ein Geist, der Geist von Hochwürden Baird«, sagte Larry, und während der fünfzehnminütigen Fahrt nach Midlock beschränkten er und seine Frau das Gespräch entschlossen auf englische Geistergeschichten.

Syria hatte ernsthaft vorgehabt, Briefe zu schreiben, doch jetzt, allein im Haus, fiel es ihr schwer, sich daranzusetzen. Sie war von Natur aus eine Einzelgängerin und litt darunter, wenn sie länger mit anderen zusammensein mußte, vor allem, wenn es unausgesprochene Spannungen gab. Sie war immer glücklich, wenn sie ihre Gäste gehen sah, selbst ihre liebsten Freunde. Doch jetzt fand sie statt des erwarteten Friedens die Atmosphäre im Haus merkwürdig gestört und unangenehm, voll aufgestauter Unruhe, als ob alte, böse Schwingungen wieder in Bewegung gesetzt worden wären. Sie ging hinaus in den Garten, doch selbst dort spürte sie eine Art nervöse Dissonanz in der Luft. Obwohl es wunderschön hier war, wollte sie nicht bleiben. Sie öffnete ein Gatter zu einer sumpfigen Wiese und folgte einem Pfad entlang dem Flüßchen, das die Pfarrei begrenzte. Falls die Jensens ihn nicht mit körperlicher Gewalt davon abhielten, fand Dermot sicher eine Möglichkeit, in ihrer Wohnung die Diskussion fortzusetzen; also ging sie mehrere Meilen weit, bis sie ihr seelisches Gleichgewicht wiedergefunden hatte.

Als sie in der späten Dämmerung das Haus betrat, saß Dermot gereizt und mißgestimmt unter der Küchenlampe und rauchte und las.

»Wo zum Teufel bist du gewesen?« begrüßte er sie.

»Dermot! Ich habe nicht damit gerechnet, daß du so bald zurückkommst. Wolltest du nicht bleiben und mit Larry weiterreden?«

»Sie wollten unbedingt diese Fernsehsendung sehen.« Er klang beleidigt. Sein Bedürfnis nach Auseinandersetzungen war so groß wie das nach Sex; wurde es nicht befriedigt, entstanden Frustration und Bitterkeit. Ich bin die falsche Frau für ihn, dachte Syria; ich sollte wirklich viel mehr mit ihm streiten.

Sie zwang sich zu einem besorgt-freundlichen Ton. »Hast du etwas gegessen?«

»Ein paar hartgekochte Eier«, sagte er kalt. »Sonst schien nichts dazusein.«

Ein paar Tage später fand Syria zu ihrem Entsetzen den Kadaver des Hundes Dschingis, halb ausgeweidet, in einem Lorbeergebüsch, ein bißchen vom Haus entfernt; welke Blätter und Erde waren darübergestreut. Sie rief Minna Lee an, die die Nachricht resigniert aufnahm und sagte, über kurz oder lang hätte Larry sie doch gezwungen, sich von dem Tier zu trennen.

»Vielleicht hat Larry ihm die Kehle durchgeschnitten, als er angeblich auf dem Klo war«, sagte sie. »Aber das soll nur ein Scherz sein. Gibt es Luchse in dieser Gegend?« Syria hielt das für unwahrscheinlich.

»Vielleicht hat ein Fuchs ihn getötet«, sagte sie zweifelnd. »Ich habe der Polizei Bescheid gesagt, sie halten Ausschau nach anderen wilden Hunden, die Schafe reißen.«

»Übrigens, Larry hat ein paar Einzelheiten über Ihren Augustus Baird entdeckt. Kommen Sie bald nach Midlock?«

»Morgen. Ich muß zum Zahnarzt.«

»Dann essen wir zusammen zu Mittag, nur Sie und ich.«

»Pfarrer Baird wollte Missionar werden, deshalb ging er nach Kanada«, berichtete Minna Lee bei einem Krabbensandwich im Café. »Baird war offenbar ein Vetter von Coote, Larrys Dichter. In Cootes Tagebüchern ist häufig von ihm die Rede. Er muß ein sanftmütiger, wenig tüchtiger Mann gewesen sein, der unter dem Pantoffel seiner Frau stand. Ich hab mir ein Zitat über ihn aufgeschrieben.« Sie holte einen Notizzettel aus ihrer Handtasche und las vor: »›Gott allein weiß, ob es Gus je gelingen wird, einen Irokesen oder Huronen zu bekehren, aber ich halte es für höchst unwahrscheinlich bei jemandem, der kaum seine eigenen Schnürsenkel binden kann. Er kann wohl von Glück sagen, daß er mit Honoria verheiratet ist, die sich um ihn kümmert und alles Tagtägliche erledigt.‹«

»Der arme Gus!« Syria lachte. »Ist Honoria mit ihm nach Kanada gegangen?«

»O ja, aber sie haßte das Land. Gus war begeistert von der Wildnis – er schrieb Vetter Francis ein paar Briefe über den Reiz der Einsamkeit, wo der Mensch seine häßlichen Spuren noch nicht hinterlassen hat. Doch offenbar hatte Francis recht mit seiner pessimistischen Ansicht. Die Einstellung der Indianer zu ihm war tatsächlich negativ. Nachdem er zwei oder drei Jahre lang dort war, baten die Algonkinindianer die Kirchenbehörde, Mr. Baird zurückzurufen, weil er immer durch die Gegend streifte und in Schwierigkeiten geriet. Sie fürchteten, er würde früher oder später ein böses Ende nehmen und man würde ihnen dann die Schuld geben.«

»Also wurde er zurückberufen?«

»Ja, Honoria war höchst erfreut. Sie hatte gerade etwas Geld geerbt. Sie kehrten nach England zurück, und einer ihrer wohlhabenden Verwandten besorgte ihnen die Pfarrei in Wiston Green. Das war 1861.«

»Ein anderer Grund für die Rückkehr könnte Honorias Schwangerschaft gewesen sein«, sagte Syria. »1862 bekam sie ein Kind, den kleinen Percival, aber er hat nur neun Monate gelebt. Sein Grab ist neben dem seiner Mutter. Der arme Kleine. Doch damals war die Kindersterblichkeit hoch. Ich nehme an, die Leute haben das gelassener hingenommen.«

»Ich glaube nicht, daß der Tod des kleinen Percy gelassen hingenommen wurde. Vetter Francis spricht von ›dieser gräßlichen Tragödie‹.«

»Was da wohl passiert ist? Vielleicht ist er in den See gefallen. Honoria hat ihn nur um vier Jahre überlebt; sie starb 1866.«

»So weit ist Larry in den Tagebüchern noch nicht.«

»›Ihr Tod kam zur Unzeit und wurde in der Gemeinde viel beweint‹, steht auf ihrem Grabstein.«

»Ob er auch von Gus beweint wurde?« sagte Minna Lee kühl und nachdenklich. »Oder war er froh, sie los zu sein?«

Als sie auf dem rostigen alten Fahrrad, das sie im Schuppen der Pfarrei gefunden hatte, nach Wiston Green zurückfuhr – ihren Mann brachte sie zur Raserei mit so lächerlichen Einschränkungen wie Benzinsparen –, dachte Syria über den gräßlich tragischen Tod des kleinen Percival nach. Was konnte dem Kind zugestoßen sein?

Sie schob das Rad die Auffahrt zum Haus hinauf, das abweisend mit geschlossenen Läden unter der Buche lag, und da kam ihr eine Szene wie aus einem Film in den Sinn: Mrs. Baird, aufrecht und elegant in weißer Spitze unter einem fransenbesetzten Sonnenschirm mit einem Hut wie ein Fruchtkorb. Damals trugen Damen im Garten Hüte. Ein runder Eisentisch mit Teegeschirr. Ein

Kindermädchen tritt auf mit dem kleinen Percival in einem Korbwagen.

»Danke, Markham. Sie können Percy bei mir lassen, solange Sie Ihren Tee im Dienstbotenzimmer trinken.«

Nun kommen Pfarrer Augustus Baird und sein Freund Sultan. Beide in Schwarz von Kopf bis Fuß, und Sultan ist etwa so groß wie sein Herr, wenn er aufrecht steht, doch im Moment trottet er auf allen vieren an seiner Kette hinter Baird her.

»Augustus! Wie kannst du es wagen, die Bestie hierherzubringen? Du weißt doch, daß er nicht auf diese Seite der Stallmauer darf.«

»Nun laß ihn doch, meine Teure. Es ist so ein herrlicher Nachmittag. Und der arme alte Sultan ißt so gern Zuckerwecken. Schau her, ich binde ihn an der Buche fest. Jetzt kann nichts passieren. Es ist grausam, ihn allein zu lassen, während wir uns hier amüsieren.«

Der kleine Percival darf jetzt auf einer Felldecke strampeln, während Honoria den Tee einschenkt. Doch sie ist immer noch ungehalten und sagt mürrisch: »Wenn ich gewußt hätte, als ich vorausreiste und dich in Quebec zurückließ, daß du dieses schreckliche Monstrum mitbringen würdest ...«

»Dann wärst du noch einen Monat geblieben und mit mir zurückgereist? Und hättest auf die angenehme Gesellschaft deines Vetters während der Überfahrt verzichtet? Wie überaus liebevoll von dir, meine Teure.« Trotz seines sanftmütigen Benehmens lächelt Hochwürden Augustus sehr ironisch, als er seiner Frau die Gurkenbrötchen reicht. »Ah! Hier kommt er schon. Pünktlich wie immer, unser lieber Percival.«

Captain Moffat, Honorias Vetter und Pate des Babys, nähert sich über die Terrasse, auffallend schmuck in seiner Uniform und mit dem schwungvollen Schnurrbart, grundverschieden von dem milden, glattrasierten Augustus.

»Ah, Gus ... Honor, mein Liebes ... Auf Ehre, du bist so bezaubernd wie ein Bild. Ekelhaft heiß heute nachmittag – stimmt's?« Träge nimmt Captain Moffat eine Tasse Tee entgegen, dann bemerkt er die Anwesenheit des Bären und ist entsetzt. »Auf Ehre, Gus, ich bin überrascht, daß du dieses scheußliche Monstrum so nah an Honor und den kleinen Percy heranläßt!«

»Wieso denn – der arme alte Kerl – wirklich, ihr habt alle etwas gegen ihn! Aber er ist still und zufrieden mit seinen Zuckerwecken, nicht, Sultan, mein Alter?« Beim Klang seines Namens stößt der Bär einen seltsamen Laut aus, halb Grunzen, halb Stöhnen; er setzt sich auf die Hinterbeine und schaut flehend, so sieht es aus, seinen Herrn an. Er hat winzige rotgeränderte Augen und wirkt ein bißchen schäbig und mottenzerfressen. »Du *mußt* mir meine kleine Erinnerung an die Wildnis gestatten, Honoria, schließlich bin ich ihrer Wirklichkeit für immer beraubt«, fährt Augustus friedfertig fort.

»Er ist so häßlich. Und voller Ungeziefer! Und er stinkt!«

Ein starker scharfer Geruch wird bemerkbar, wie heißes faulendes Heu oder überreifer Käse.

Doch Sultan läßt sich still nieder, und sie vergessen ihn. Captain Moffat überredet seine Kusine, den Teetisch zu verlassen und mit ihm Krocket zu spielen; in der Ferne sieht man sie mit den Reifen und Schlägern. Sie lachen recht vertraut miteinander. Hochwürden Augustus lehnt sich in seinem Stuhl zurück, nimmt eine Prise Schnupftabak und beobachtet sie mit abgeklärter Gelassenheit. Nach einer Weile kommt Tom, der Gärtnerjunge, mit einer dringlichen Botschaft von einem Gemeindemitglied.

»Die alte Mrs. Dewdeney, Hochwürden, sie stirbt und ruft nach Ihnen.«

»Es ist recht, Tom, ich gehe sofort zu ihr. Holst du bitte Markham? Sie muß inzwischen ihren Tee getrunken haben und kann nach Klein Percy sehen. Und bring dann Sultan zurück in den Stallhof.«

»Sicher, Hochwürden.«

Aber Tom, der Gärtnerjunge, ist von Markhams Reizen sehr angetan, und so kommt es zu einem tändelnden Zwischenspiel am Teetisch der Dienstboten. Sultan und der kleine Percy bleiben inzwischen sich selbst überlassen.

Betäubt von der Stärke ihrer plötzlichen Vision schob Syria das Fahrrad in den Schuppen und ging leise durch die Küchentür ins Haus. Sie neigte überhaupt nicht zu Tagträumen und Phantastereien. Die Bilder, die sich ihr aufgedrängt hatten, waren von einer Kraft, wie sie nur die Wahrheit hatte. Wie konnte sie sich Captain Moffat einbilden? Sie hatte noch nie von ihm gehört. War er auf dem Kirchhof begraben? Sie erinnerte sich nicht an seinen Namen.

Dermot war im Arbeitszimmer und las ein halbes Dutzend beschriebene Seiten durch. »Da bist du endlich!« knurrte er. »Du bist eine Ewigkeit weggewesen. Kannst du das für mich abtippen? Ich will es heute nachmittag wegschicken.«

»Hältst du es wirklich für klug, wenn du Hitchcock so häufig schreibst? Glaubst du nicht, er würde deine Sache lieber auf seine Art durchfechten?«

»Nein, das glaube ich nicht, und setz dich gefälligst hin und tipp es ab!«

Dermots Stimme war rauh vor Müdigkeit. Er war die halbe Nacht aufgewesen, war hin und her gegangen und hatte die Sätze in seinem Kopf neu formuliert.

Syria setzte sich ohne weiteren Kommentar an die Schreibmaschine. Der Nachmittag war grau und drükkend geworden, Gewitter lag in der Luft. Als sie hinter sich schaute, glaubte sie einen großen schwarzen Schatten am Fuß der Treppe zu sehen. Doch dann stellte sich heraus, daß lediglich eine dunkelgraue Decke über dem Geländer hing; Dermot hatte draußen im Gras geschlafen.

Im Haus roch es schrecklich muffig – nach altem Tabakrauch oder so etwas.

Drei Wochen später luden die Jensens die Cadells zum Mittagessen ein. Dazu wäre es wahrscheinlich nicht gekommen, wenn sich die beiden Ehemänner nicht auf der Post in Midlock getroffen hätten, wo Larry seine Briefe abholte und Dermot ein weiteres wütendes Klagelied an den Gewerkschaftssekretär wegschickte.

Als Larry Dermot und Syria mit nach Hause brachte, sah Minna Lee wenig begeistert aus, doch sie bewahrte Haltung und machte ihnen Omeletts. Es war wieder ein schwüler Septembertag, und sie trugen Speisen und Getränke in den Garten der Erdgeschoßwohnung.

»Es ist nicht so schön wie bei Ihnen«, entschuldigte sich Minna Lee, »aber besser als drinnen.«

Der Garten war tatsächlich ein heißes, beengtes Plätzchen, von zweieinhalb Meter hohen Mauern umgeben, das nach Schnecken und Efeu roch. Minna Lee hatte ein neues Haustier, eine grämliche Schildkröte, die die Gäste anzischte und sich dann zwischen Immergrün und Jehovablümchen zurückzog. Syria hätte beinahe gesagt: »Wir haben unseren Bären zu Hause gelassen.« Seit ihrer merkwürdigen Vision vor drei Wochen glaubte sie ständig, aus den Augenwinkeln eine große schwarze Gestalt zu sehen: einmal kauerte sie unter einem Baum, ein andermal kratzte sie sich im Gras, dann lauerte sie in einer Ecke. Die Schönheit der Alten Pfarrei hatte sich für sie jetzt in etwas Trauriges und Bedrohliches verwandelt. Am liebsten wäre sie auf und davon, aber wohin? Ihre Habseligkeiten lagen in irgendeinem Speicher, sie hatten kein Zuhause.

Weil sie einen Streit zwischen den beiden Männern abkürzen wollte, der bissig zu werden drohte – es ging um die amerikanische Regierungspolitik gegenüber China –, erkundigte sich Syria höflich nach dem Fortschritt der Recherchen über Francis Coote.

Larry sagte rasch: »O ja, davon wollte ich Ihnen erzählen.« Er wandte sich an Syria, und Dermot sah sofort beleidigt aus. »Ich habe etwas recht Düsteres gefunden.«

Syrias Herzschlag schien auszusetzen, abzuwarten. Larry fuhr fort: »Es sieht so aus, als hätte der Bär, Sultan, den Pfarrer Augustus von Kanada mitgebracht hatte, tatsächlich den kleinen Sohn der Bairds getötet.«

»Ach!«

»Vetter Francis Coote schrieb eines seiner bekannteren Gedichte über die Tragödie:

Die Eier sind gebrütet, die Vögel fortgeflogen,
Das Nest ist leer, die Blätter sind verwelkt,
Die Bäume kahl, und unser Kind ist tot.

Legt ihm drei Äpfel auf sein Grab.
Kein anderes Geschenk wird er je haben.
Und uns bleibt unsre Liebe ohne Sinn.

Der Herbst ist da, der Sommer war verloren.
Die Nacht kommt, eh der Tag gestrahlt,
Und unser Gast ist ein kaum flügger Geist.

›Zum Tod seines Neffen‹ heißt das Gedicht; Percy war eigentlich sein Vetter zweiten Grades. Obwohl es darüber, wie er in seinem Tagebuch schreibt, einige Zweifel gegeben haben könnte; er vermutete, daß Honoria ihrem Mann untreu gewesen war.«

»Eine Pfarrersfrau? 1861? Bestimmt nicht!« rief Minna Lee schockiert. Doch Syria fragte zitternd: »Mit einem Captain Moffat?«

»Ja, tatsächlich«, sagte Larry überrascht. »Wieso haben Sie von ihm gehört?«

»Ich habe einen Pokal gefunden, auf dem sein Name eingraviert ist – als Sieger eines Geländejagdrennens 1860. Er steht in der Vitrine im Eßzimmer.«

»Moffat – ein Verwandter von Honoria – traf das Paar in Kanada und begleitete sie zurück nach England. Vetter Francis nahm an, das Kind sei auf der Reise empfangen worden – sonst wäre es eine Frühgeburt gewesen. Er stand der Sache sehr kritisch gegenüber.«

»Das möchte ich doch hoffen«, sagte Dermot ungeduldig. Die Bairds interessierten ihn nicht. Aber Syria fragte ganz gefesselt: »Was wurde aus Moffat?«

»Er ging nach Indien. Wurde in einem der afghanischen Kriege getötet. Doch das war nach der nächsten Tragödie – nachdem der Bär Honoria getötet hatte.«

»Nein! Sie meinen das doch nicht im Ernst?« Dermot lachte rauh. »Oh, das ist zuviel! Sie wollen doch nicht sagen, daß der Bär einfach die ganze Familie umbringen durfte? Hat nicht irgend jemand vorgeschlagen, daß er in einem Zoo besser aufgehoben wäre?«

»Mehrere Leute haben das getan, sicher, nach dem Tod des kleinen Percy. Aber Augustus blieb dabei, daß es nur ein schrecklicher Unfall gewesen sei – der Bär sei nicht wirklich gefährlich, nur nicht an kleine Kinder gewöhnt. Aber dann, nach Honoria ...«

»Ist keiner«, sagte Minna Lee, »je auf den Gedanken gekommen, daß Honoria von ihrem Ehemann umgebracht worden sein könnte? Um seine Ehre zu rächen, wie man so sagt?«

»Nein. Verstehst du, der Bär hat sie tatsächlich *aufgefressen.* Alles, was von ihr übrigblieb, war ein Fuß. Und als es geschah, war Augustus fort, bei einer Kirchensynode. Der Fuß wurde natürlich auf dem Kirchhof begraben, und danach mußte Augustus zugeben, daß der Bär gefährlich war. Seine Freunde und die Kirchenoberen bestanden darauf, daß er getötet werden müsse, und man gab ihm eine Dosis Blausäure in geräuchertem Lachs. Coote, immer vielseitig, verfaßte aus diesem Anlaß ein weiteres Gedicht:

Was hier begraben ist, das barg
Nichts, was wir zu verstehn bereit,
Und was es hinterläßt, ist karg:
Nur Wildnis und die Einsamkeit.

Das sollte als Epitaph auf dem Obelisk stehen, doch Augustus hat offenbar seinen eigenen Text vorgezogen.«

»Sultan, ein Freund«, sagte Syria nachdenklich. Nach einem Augenblick fragte sie: »Hat Augustus danach wieder geheiratet?«

»Nein. Er scheint ein exzentrischer Einsiedler geworden zu sein. Seine Pflichten als Pfarrer hat er erfüllt, doch er hatte keine Freunde bis auf seinen Vetter Francis, der ihn um fünf Jahre überlebt hat. Francis war natürlich jünger. ›Augustus ist zu einem seltsamen, vertrockneten alten Sonderling geworden‹, schrieb er 1890. ›Redet viel mit sich selbst oder manchmal mit einem eingebildeten Bären, der ihn bei all seinen Unternehmungen drinnen und draußen zu begleiten scheint.‹ Francis schrieb auch darüber ein Gedicht:

Altes Blattskelett, alter Mann, trocken jetzt und hart
Wie der kalte Stein mit deinem Namen,
Der bald dein einziger Besitz sein wird; was sagst
Du ihm mit deinem letzten Atemzug,
Dem großen, ungesehenen Begleiter?
Was sagst du ihm, wenn alles Tun getan?

Es hieß ›Der Vertraute‹. Doch es gibt eine Notiz, die klarstellt, daß er Augustus meinte.«

»Brrr!« Minna Lee schauderte. Sie bot ihren Gästen dunkelrote Zwetschgen aus einer großen Schüssel an. »Was für eine grausige Geschichte! Bitte, Larry, laß uns von etwas anderem reden!«

Wahrscheinlich bedauerte sie später ihre Worte, denn das folgende politische Streitgespräch zwischen den beiden Männern dauerte den ganzen Nachmittag, bis Minna Lee um sechs ihren Mann erleichtert an einen Arzttermin erinnern konnte.

Als die Cadells gingen, wandte sich Syria um und bat Larry, den zweiten Vers des Gedichtes über den kleinen Percy noch einmal zu rezitieren. Er tat es.

»Sehr merkwürdig«, sagte sie. »Es liegen tatsächlich immer drei Äpfel auf diesem Grab. Immer. Erst heute morgen war ich auf dem Kirchhof. Da lagen drei rote Holzäpfel.«

»Quatsch!« spottete Dermot. »Einmal hast du es gesehen, und schon sagst du, es sei immer so. Wahrscheinlich soll das heißen ...«, und er lachte wieder heiser, »daß Honorias Geist kommt und sich darum kümmert?«

»Ich werde mir diesen Kirchhof mal anschauen«, sagte Larry. »Morgen vielleicht.«

Auf dem Heimweg sagte Dermot: »Na, das war kein schlechtes Wortgefecht. Wenn du dich bloß nicht dauernd eingemischt hättest! Ich glaube, diesmal habe ich Freund Larry Stoff zum Nachdenken gegeben.«

»Er fand es gräßlich«, sagte Syria. »Hast du das nicht gemerkt? Beide haben gelitten. Sie haben sehnlichst gewünscht, daß wir drei Stunden früher gegangen wären.«

»Was zum Teufel redest du da?« Dermot war aufrichtig überrascht. »Bist du verrückt, oder was ist los? Er hätte jederzeit aufhören können, wenn er gewollt hätte. Er hat es nicht getan.«

»Du hast ihm seine Zeit gestohlen, und er fand es unerträglich. Er war gelangweilt, und sie war wütend.«

»Und du«, sagte Dermot jetzt wirklich verärgert, »kriegst so langsam einen Größenwahn. Alles, was du weißt, hast du von mir gelernt. Und jetzt denkst du, daß du mehr weißt als ich. Aber ich sage dir, das stimmt nicht!«

Als sie die Alte Pfarrei betraten, warf er ihr einen haßerfüllten Blick zu.

Etwas weiß ich, das du nicht weißt, dachte Syria und sagte laut: »Dermot, laß uns hier weggehen.«

»Weggehen? Was ist denn jetzt wieder in dich gefahren? Ich dachte, du fändest es hier so wunderbar?«

»Das Haus kostet uns ein Vermögen. Und es tut uns nicht gut. Ich kann gar nicht beschreiben, wie sehr es mir aufs Gemüt schlägt.«

»Blödsinn! Wenn du mal ein bißchen was darin tun würdest – statt den ganzen Tag draußen rumzuträumen –, kämst du auf andere Gedanken. Das Haus stinkt ganz einfach – als ob etwas darin verweste.«

»Es ist nicht nur das Haus. Es ist auch der Garten.« Vorsichtig näherte sich Syria einem kuppelförmigen Hügel aus Schatten am Treppengeländer, der sich als ein Wäschekorb mit einem Regenmantel darin entpuppte. »Kein Wunder, daß die Chomelay-Spencers nach Barbados gingen. Das Haus ist wie ein wunderschöner Apfel, der innen ganz zerfressen ist, und wenn man ihn aufhebt, fliegt ein halbes Dutzend Wespen heraus.«

»Ich versteh einfach nicht, was du hast.«

Als Syria am nächsten Nachmittag ihren jetzt schon gewohnten Spaziergang auf dem Friedhof machte, war sie kaum überrascht, Larry Jensen dort zu sehen, der die Grabsteininschriften untersuchte. Er erklärte, der Sekretär einer archäologischen Gesellschaft habe ihn mit nach Wiston Green genommen und werde ihn später wieder abholen, wenn er seine Messingabriebe in der Kirche vervollständigt hatte.

»Das ist interessant, nicht wahr?« Er zeigte auf drei winzige rote Äpfel, nicht größer als Kirschen, am Fuß des kleinen Steins mit der Inschrift: *Percival Francis Baird. 9 Monate alt. »Ihre Wurzel ist verdorret, daß sie keine Frucht mehr bringen können.« Hosea 9, 16.*

»Was für ein absurder Witz.«

»Sicher unabsichtlich.«

»Wer, glauben Sie, ist für die Äpfel verantwortlich?«

»Zigeuner?« sagte Syria zweifelnd. »Behauptet man nicht von ihnen, sie würden sich um Gräber mit tragischen Geschichten kümmern?«

»Keine Ahnung. Es ist sehr seltsam ...«

Er betrachtete die Gräber von Augustus und Honoria, dann schlug er einen Spaziergang vor.

»Ob Dermot wohl mitkommen möchte?«

»Nein, er haßt Spaziergänge. Und er entwirft ein Schreiben an die Direktoren seiner Fernsehgesellschaft.«

»Der arme Kerl, sie scheinen ihm wirklich übel mitgespielt zu haben.«

»Leider macht es ihn noch streitsüchtiger als gewöhnlich«, sagte Syria und entschuldigte sich damit indirekt für gestern.

Ebenso indirekt erwiderte er: »Einem Außenstehenden kommen Sie wirklich wie ein Paar vor, das schlecht zusammenpaßt. Aber«, fügte er müde hinzu, »so sehen Außenstehende wohl die meisten Paare.« Er faßte sie am Arm und half ihr über einen Baumstamm. »Glauben Sie, daß es in der Alten Pfarrei spukt, Syria?«

»Warum fragen Sie das?«

»Gerade bevor Sie auf den Friedhof kamen, schaute ich über die Mauer in Ihren Garten und sah eine Frau in einem weißen Kleid auf der anderen Seite des Sees. Sie bückte sich und hob etwas vom Weg auf, und dann schrie sie. Ich konnte den Schrei hören – es war ein unglaublich durchdringender Schrei, und eigentlich hätten die Leute von überall her zusammenlaufen müssen. Aber niemand kam, und in der nächsten Minute war sie verschwunden, und dann fing ich an zu überlegen, ob ich sie überhaupt gesehen hatte oder ob der Schrei in meinem eigenen Kopf gewesen war.«

»Haben Sie auch – einen Bären gesehen?«

»Haben Bären Geister?«

»Dieser arme Bär war unglücklich und einsam. Wahrscheinlich hat er mehr empfunden, als das bei wilden Bären üblich ist. Außerdem – er war das Medium für die Gefühle eines anderen.«

»Und Sie glauben, deshalb – könnte er einen Geist haben?« Nach einer Pause fragte er: »Haben Sie einen gesehen?«

Syria ließ eine ebenso lange Pause entstehen, dann antwortete sie langsam: »Noch nicht.«

Als sie sich etwa eine Stunde später am Kirchhoftor trennten, sagte Larry: »Grüß Dermot und sag ihm, es tut mir leid, daß ich ihn nicht gesehen habe.« Dann küßte er Syria feierlich auf den Mund. »Und behalte das für dich. Wann sehe ich dich wieder?«

»Ich weiß nicht genau. *Oh!*« Sie stieß einen überraschten, ängstlichen Schrei aus, als auf dem Friedhof eine dunkle Gestalt aus dem Schatten einer Eibe trat. Doch es war nur Dermot in seinem alten schwarzen Anorak.

»Ich dachte, ich lege mich hier mal auf die Lauer, vielleicht kann ich den Apfelspender entdecken«, erklärte er leichthin. »Aber bis jetzt hab ich kein Glück gehabt. Wart ihr spazieren? Wo seid ihr gewesen?«

»Am Fluß entlang. Ah, da ist mein Bekannter mit seinem Wagen, ich muß gehn«, sagte Larry. »Bis bald, Dermot.«

»Wir haben also ein kleines Techtelmechtel mit Freund Larry, stimmt's?«

Dermot griff grob nach dem Ellbogen seiner Frau, während sie zum Haus gingen. »Kein Wunder, daß wir neuerdings so lebenslustig sind. Neue Energien durch den Seitensprung, was? Nun, das muß aufhören, sofort, verstanden?« fügte er heftig hinzu und warf die Tür hinter sich ins Schloß.

Die leere, schattige Diele schien von dem Zorn in seiner Stimme widerzuhallen.

Syria sagte: »Mach dich nicht lächerlich, Dermot. Und laß bitte meinen Arm los. Es gibt kein Techtelmechtel, was das auch heißen mag.«

»Er hat dich geküßt! Ich hab es gesehen.«

»Alle Amerikaner küssen Frauen nach dem zweiten Treffen zum Abschied.«

»Hah! Erzähl mir nichts! Das war anders.«

Zu ihrem Unheil wußte sie, daß das stimmte, und ihr Wissen übertrug sich auf Dermot, der anfing, sie wild zu schütteln.

»Glaub bloß nicht«, knirschte er, »daß du bei mir Honoria spielen kannst – weil ich es nicht zulassen werde. Verstanden?«

Syria griff nach dem Treppengeländer, um sich loszureißen, spürte etwas Warmes, Pelziges und schrie.

»Sei still!« zischte Dermot.

Mit einem heftigen Ruck konnte sie sich befreien und lief durch den Gang zur Küche, rannte aber gegen ein riesiges, schwarzes, stinkendes, weiches Hindernis. Jetzt schrie sie anhaltend und hysterisch, stürzte auf die Haustür zu, riß sie auf und sprang hinaus. Aber auch hier war die Dunkelheit, die sie umfing, pelzig, heiß und unfaßbar feindselig.

Als Syrias übel zugerichtete Leiche am nächsten Tag auf dem Friedhof gefunden wurde, gab Saunders, der Gärtner, gegenüber der Polizei an, er habe »sie schreien und ihn brüllen und schrecklich herumfuhrwerken« hören. Befragt, warum er in diesem Fall nicht eingegriffen und der armen Frau geholfen habe, zuckte er die Achseln und sagte: »Mich kriegt keiner dazu, im Dunkeln dort hineinzugehen, egal, was passiert.«

Als Dermot verhaftet und des Mordes an seiner Frau bezichtigt wurde, war er erstaunt, gekränkt und empört. Er bestritt, irgend etwas anderes getan zu haben als zu versuchen, »ein bißchen Vernunft in ihren dummen Kopf zu schütteln«. Aber niemand glaubte ihm, noch nicht einmal die Jensens.

Na und?

Das Rettungsfloß war narzissengelb. Es hatte außerdem einen strahlenden Glanz, der seinen vier Passagieren wenig Freude bereitete. Nach sechs Tagen an Bord hatten sie alle Kopfschmerzen vom Meer- und Floßgeglitzer und von dem übelkeiterregenden Geschaukel auf den großen walrückenähnlichen Wellen des Südatlantiks. Ihr Flugzeug war nach Buenos Aires unterwegs gewesen und mußte weit vom Kurs abgekommen sein, bevor es abstürzte; jedenfalls waren seit fast einer Woche am Himmel wie auf dem Meer keine Retter in Sicht.

»Bestimmt ist es jetzt Zeit für eine weitere Rosine?« fragte Fenella Fitz-Lloyd. Eigentlich war eine Rosine so ungefähr das letzte, worauf sie Lust hatte – zu süß, zu trocken, zu schrumpelig –, doch aus einem Sack Rosinen bestand ihr gesamter Nahrungsmittelvorrat, also war es wenig sinnvoll, nach Nizza-Salat oder gekühltem weißem Wein zu verlangen.

Dr. Rashid sah nach dem Stand der Sonne.

Zuerst hatten sie alle erfreut Dr. Rashids Titel zur Kenntnis genommen; ein Doktor auf einem Rettungsfloß vermittelt ein gewisses Gefühl des Trostes und der Sicherheit. Doch dann stellten sie fest, daß er Doktor der Philosophie war; seine Kenntnisse schienen sich nur auf Kant, Heidegger, Descartes und auf etwas mit Namen Hermeneutik zu beziehen, was keiner der drei anderen zu verstehen versuchte.

»Noch fünfundzwanzig Minuten bis zur Rosinenzeit«, sagte Dr. Rashid mit seiner üblichen Präzision.

»O Gott«, murrte Tom Sopwith. Er war Bildhauer – ein großer, behaarter Mann, dessen Bauch nach einer sechstägigen Diät von je einer Rosine alle zwei Stunden etwas abgenommen hatte; aber seine ungeschliffene, direkte Yorkshire-Art wurde durch die Askese nicht gemildert. »Was soll – diese ganze – Pedanterie und Abmesserei? Warum lassen wir den Dingen nicht ihren Lauf?«

»Weil«, sagte der vierte Passagier, Bernard Glass, »Sie dann mehr als Ihren Anteil essen würden; und uns allen bliebe der widerliche Anblick nicht erspart, wie Sie gute und gesunde Nahrung erbrechen, die uns übrigen ein paar Tage länger am Leben erhalten hätte.«

Tom Sopwith hob den Kopf von dem heißen, klebrigen gelben Plastikfloß und warf ihm aus blutunterlaufenen Augen einen wütenden Blick zu, doch Glass fuhr friedfertig fort:

»Fünfundzwanzig Minuten lassen sich schwer ausfüllen. Damit wir die Zeit auf annehmbare Weise hinter uns bringen, schlage ich vor, jeder von Ihnen präsentiert mir ein persönliches Problem, und ich will versuchen, es zu lösen.«

Bernard Glass schrieb eine berühmte ›Trost und Rat‹-Spalte in der Zeitschrift ›New York Review of Life‹; sein Pseudonym war Onkel Solon, und viele Jahre lang war er mit diesem onkelhaften Symbol der Weisheit so identifiziert worden, daß er acht Sekretärinnen zur Beantwortung seiner Post einstellen mußte. Sogar der Präsident der Vereinigten Staaten hatte ihn angeblich einmal um Rat gefragt, doch wurde diskret verschwiegen, in welcher Angelegenheit und welchen Rat er bekommen hatte.

»Erzählen Sie mir ein Problem«, wiederholte Bernie herzlich, »und ich werde mich nach besten Kräften bemühen, es zu lösen.«

Er war ein kleiner, rundgesichtiger, gutmütig wirkender Mann mit schwarzem Haar und schwarz umrandeter Brille; als er seinen Mitpassagieren aufmunternd zulächelte, ließ er viele Goldkronen sehen. »Los!«

»Mein Lieber, was für eine fabelhafte Idee«, sagte Fenella. »Lassen Sie mich überlegen – was ist mein wichtigstes Problem?«

»Ein berufliches?« schlug Bernard vor. »Natürlich sollen Sie keine Berufsgeheimnisse verraten.« Fenella war eine der Direktoren von Lloyd Lammergeier, einer angesehenen und erfolgreichen englischen Werbe-Agentur. Ihre Mitpassagiere wußten bereits, daß drei Ehemänner mehr oder weniger unbeachtet in ihr Leben hinein- und wieder hinausgetrieben waren, während ihre Karriere den Hauptanteil ihrer Zeit und Energie beanspruchte.

»Beruflich, natürlich«, sagte sie unbestimmt und überlegend. Sie legte sich mit dem Kopf auf den Armen zurück und ließ die südatlantische Sonne unbarmherzig auf ihren Teint niederknallen, der exquisit war wie fast alles an einer Person mit dreitausend Pfund im Monat.

»Als ich ein junges Ding war«, begann sie nach einer Pause nachdenklich, »und neu in der Werbung, da glaubte ich, um erfolgreich zu sein, müßte ich nur die hervorstechenden Eigenschaften des Produktes herausfinden, das ich verkaufen wollte, seine Essenz, seine Grundwahrheit, und diese Information an die Öffentlichkeit weitergeben. Schließlich, sagte ich mir, *macht* jemand diesen Gegenstand, jemand anders *kauft* ihn, es muß also einen Grund für seine Existenz geben. Und lange Zeit befriedigte mich diese Argumentation. Ich war jung, ich war ernsthaft, ich tat mein Bestes. Doch dann begann ich mich zu fragen – angenommen, dieses Produkt, das ich der Öffentlichkeit verkaufen will, hat zwei hervorstechende Eigenschaften, zwei Grundwahrheiten – wie sollte ich dann meine Aufgabe anpacken? Welche Wahrheit sollte ich wählen?«

»Was war das fragliche Produkt?« wollte Dr. Rashid wissen, der immer auf Details versessen war.

»Oh, es waren verschiedene. Zum Beispiel eine Kosmetikserie, *Royal Blush* – wie ich nach einiger Zeit herausfand, enthielten die Cremes viele gesundheitsschädliche Chemikalien, und die Forschung, die ihrer Produktion vorausging, forderte gräßliche Tierexperimente. Dann gab es ein Bratfett, *Frisp,* das aus zerstückelten Walen gemacht wurde; und schließlich eine Zigarettenmarke mit hohem Teergehalt, *Wüstengold,* die vorwiegend von jungen Leuten gekauft wurde.«

»Erzählen Sie weiter.«

»Nun, in meiner Ratlosigkeit ging ich schließlich zu meinem Chef und trug ihm meine Probleme vor. Er wußte nicht recht, was er sagen sollte, und schickte mich zum Leiter der Firma, einem erfahrenen alten Weisen im Werbegeschäft, der sich meine Fragen freundlich anhörte und dann antwortete: ›Mein Kind, es ist ganz einfach. Die Werbung ist schließlich ein blühendes Geschäft, was zeigt, daß die menschliche Rasse sie offenbar braucht. Und wenn ich sage blühend, dann meine ich das wörtlich – sie verleiht dem schlichten menschlichen Leben einen Glanz, einen Schmuck, ohne den unser Alltag eine recht kahle und häßliche Angelegenheit wäre. Das einzige, woran Sie denken müssen‹, sagte dieser weise alte Mann zu mir, ›ist: Nie, nie dürfen Sie eine Behauptung durchgehen lassen, auf die jeder ganz offensichtlich antworten würde: *Na und?*‹«

»Nun?« fragte Bernie, als Fenella innehielt.

»Nun«, fuhr sie fort, »ich ging und nahm mir seinen Rat zu Herzen. Ich machte Karriere. Ich wurde befördert: vom Backöl zu politischen Parteien, von politischen Parteien zu Luftfahrtgesellschaften, von Luftfahrtgesellschaften zu Regierungen und von Regierungen zu internationalen Konzernen.«

»Was geschah dann?«

»Dann«, sagte Fenella und richtete ihre schönen, melancholischen Augen auf Bernie, »dann fiel mir vor kurzem auf, daß ich in den letzten fünfzehn Jahren nicht eine einzige Behauptung gehört habe, die eine andere Antwort verdient als *Na und?* Na, und was soll ich jetzt tun? Das ist mein Problem, und es wäre schön, wenn Sie es lösen könnten, Bernie.«

»Hmmm«, sagte Bernie. »Ich glaube, ich höre mir zuerst alle anderen Probleme an, bevor ich irgendwelche Lösungen vorschlage – wenn Sie damit einverstanden sind.«

Fenella sah etwas enttäuscht aus, doch sie stimmte liebenswürdig zu und wandte sich an den Bildhauer, der neben ihr lag und mit seinem Gewicht das gelbe Floß nach unten drückte.

»Erzählen Sie uns von Ihrem Problem, Tom?«

»Das ist alles ein Haufen Bockmist, wenn Sie mich fragen«, knurrte der Bildhauer. »Probleme? Wer interessiert sich schon für anderer Leute Probleme?« Gereizt kratzte er sein salzverkrustetes Brusthaar. Doch nach ein paar Minuten sagte er in ärgerlichem Ton: »Also, wenn Sie es unbedingt wissen wollen, ich denke dauernd an meinen Pa.«

»Was ist mit Ihrem Pa? Lebt er noch?«

»Gott, nein! Ist an Staublunge gestorben, vor fünfundzwanzig Jahren. Hat bis zwei Tage vor seinem Tod in der Grube gearbeitet. Wollte nicht aufhören damit. ›Dieses

Land hat sich um mich gekümmert‹, sagte er immer, ›ich schulde ihm mein Arbeitsleben.‹ Sich um ihn gekümmert! Als Junge hat er seinen Arbeitstag um halb vier morgens begonnen. Ist aufgestanden, sieben Meilen um den Berg gelaufen, hat eine Acht-Stunden-Schicht gemacht, bis zur Taille im Wasser, ist herausgekommen, zurückgelaufen und war so um acht am Abend zu Hause. Für fünfundzwanzig Schilling die Woche. Und immer noch dachte er, daß er dem Land etwas schuldet. ›Du mußt etwas geben fürs Geld, Junge‹, hat er immer gesagt. ›Vergiß das nicht!‹«

»Etwas geben fürs Geld«, sagte Fenella nachdenklich. »Und was ist jetzt Ihr Problem, Tom?«

»Problem? Ha! Also, Sie kennen mich, Sie kennen meine Arbeit«, sagte Tom. »Die Melbourne Gallery hat gerade eines meiner Werke gekauft. Hat dreißigtausend dafür gezahlt. Das Detroit State Museum kauft ein anderes – für achtzigtausend. Eins steht im Centre Pompidou. Vier im Whitney Museum. Zwei in der Tate Gallery.«

»Ich sehe noch kein Problem«, bemerkte höflich Dr. Rashid.

»Etwas geben fürs Geld! Ich gehe in die Wüste oder an den Strand, ich finde verdorrte Bäume, poliere sie mit dem Sandstrahlgebläse und bohre die Astlöcher heraus. Als ich damit anfing«, sagte Tom Sopwith zornig, »hat es noch Spaß gemacht, ich fand es spannend, die Bäume zu suchen, es gefiel mir, wie sie aussahen, wenn ich sie bearbeitet hatte. Aber jetzt – jeder nimmt es so – ernst. Sie lesen Symbolismus aus den Bäumen heraus, religiöse Botschaften, geheimnisvolle Wahrheiten – fragen Sie mich nicht, was alles. Ich denke oft darüber nach, was mein Pa sagen würde. Was er denken würde. Vielleicht würde er sagen, wenn die Öffentlichkeit so dumm ist, geschieht es ihr recht, wenn man sie verulkt. Vielleicht würde er sagen: ›Nimm das Geld, Junge, und freu dich.‹ Vielleicht.«

»Was machen Sie denn mit dem Geld?« fragte Bernie und schaute über seinen schwarzen Brillenrand.

»Machen? Ich lasse meine beiden Söhne studieren.«

»Ach? Und was studieren sie?«

»Beide interessieren sich für Kernphysik.«

Alle schwiegen eine Weile und dachten über Tom Sopwiths Problem nach.

Dann wandte sich Bernie an Dr. Rashid, der friedlich in den sehr blauen Himmel schaute, und bat ihn, der Gruppe ein Problem vorzutragen.

Dr. Rashid lächelte auf seine sanfte Art.

»Mein Problem ist ganz einfach«, sagte er. »Ja, wirklich, ganz unkompliziert. Dennoch muß eine Entscheidung getroffen werden.«

Aus der Tasche seines streng geschnittenen weißen Jakketts zog er ein Stück Seil; er rollte es auseinander und warf ein Ende in die Luft über seinem Kopf.

Zur Überraschung der anderen blieb das Seil senkrecht, als gäbe es keine Schwerkraft.

»Jetzt«, sagte Dr. Rashid, »beabsichtige ich, an diesem Seil hochzuklettern und mich so von diesem Floß zu entfernen, denn ich komme zu der Einsicht, daß ich meine Zeit anderswo nützlicher verbringen kann. Ich habe die Möglichkeit, eine weitere Person mitzunehmen. Nur eine. Meine Ausbildung gestattet es mir bedauerlicherweise zu diesem Zeitpunkt nicht, mehr zu tragen. Das Problem, das mich beschäftigt hat, ist also, wer von Ihnen dreien der menschlichen Rasse am wenigsten Schaden zugefügt hat? Denn pflichtgemäß werde ich diese Person mitnehmen.«

Er betrachtete abschätzend seine drei Gefährten: Bernie, den Ratgeber, Fenella, die Promoterin, und Tom, den Künstler.

Während er seine Entscheidung traf, herrschte eine längere und nicht ganz angenehme Stille. Schließlich sagte er munter:

»Also! Ich habe mich entschieden. Mr. Sopwith ist meine Wahl. Nach reiferer Überlegung glaube ich, daß er weniger Schaden angerichtet hat als Sie beide.«

»Hören Sie! Also wirklich ...«, fing Fenella empört an.

Doch Bernie stieß einen Seufzer aus und sagte zu ihr: »Immerhin hat Dr. Rashid eine Behauptung aufgestellt, die nicht zu der Antwort *Na und?* herausfordert.«

Inzwischen hatte Dr. Rashid mit einer Kraft, die niemand in der schmalen Gestalt vermutete, den schwerfälligen Bildhauer auf eine Weise hochgehoben, die an den

Hebegriff der Feuerwehrleute erinnerte, aber wesentlich komplizierter war. Und jetzt kletterte er sehr geschickt das Seil hinauf, indem er es mit den Knien und einer Hand umklammerte. Zentimeter um Zentimeter strebten die beiden Männer nach oben. Als sie das Ende des Seils erreicht hatten, verschwanden sie einfach, und das Seil wurde, so sah es aus, hinter ihnen hochgezogen und verschwand ebenfalls.

»Also wirklich!« rief Fenella wieder. »Ich muß doch sagen, das finde ich stark! Warum er diesen groben, gierigen, ungeschliffenen Menschen wählte statt einen von uns, geht über meinen Verstand!«

»Jedenfalls«, bemerkte Bernie milde, »werden die Rosinen jetzt doppelt so lange reichen.«

»Das ist wahr«, stimmte Fenella zu, und sie überlegte außerdem, daß sie, wenn sie schon mit einem ihrer Gefährten allein bleiben mußte, Bernie oder Rashid entschieden dem Bildhauer vorzog, der nicht nur unerfreulich grob war, sondern auch widerliche Angewohnheiten hatte.

Unglücklicherweise fiel nach etwa einer halben Stunde Tom Sopwith plötzlich von nirgendwoher und landete so heftig auf dem Rettungsfloß, daß er es fast zum Kentern brachte, Bernies Brille zerbrach und den Sack Rosinen über Bord stieß.

Er wirkte sehr schlecht gelaunt und fluchte in so obszönen Ausdrücken, daß Fenella ihn schroff unterbrach und fragte, was ihm zugestoßen sei.

»Ach«, knurrte er, »diese Idioten! Wenn ich gewußt hätte, daß sie so ein Theater wegen ein paar läppischer Verkehrsunfälle machen – wo noch dazu niemand wirklich getötet worden ist – oder jedenfalls nicht sehr viele – die Wahrheit ist, daß es dort oben genauso zugeht, wie man sich das vorstellt – Amtsschimmel – Bürokratie – die sind bloß ein Haufen zimperliche, scheinheilige, altjüngferliche, weißärschige Hallelujakriecher. Ich bin froh, wieder hier unten zu sein, weiß Gott!«

Nach einer langen Pause bemerkte Bernie: »Dr. Rashid scheint nicht wiederzukommen.«

»Wie ernähren wir uns?« fragte Fenella.

Bernie sagte bedauernd: »Wir werden einander aufessen müssen. Am besten ziehen wir Lose. Einer von uns kann die beiden anderen essen, und so wird die menschliche Rasse nicht alle unsere Talente entbehren müssen, wenn das Floß endlich Land erreicht.«

»Na und?« sagte Tom Sopwith.

Der Picknickplatz

Die Straße wand sich zwischen hohen schmalen Böschungen vom Paß am höchsten Punkt des Tales nach unten. Es war seltsam, dachte Brill, daß er sich an dieses besondere Tal nicht erinnerte. Früher hatte er das ganze Gebiet so gut gekannt (erstaunlich eigentlich, wenn man bedachte, daß er damals nur zu Fuß oder mit dem Fahrrad herumkam), aber diese enge Nebenstraße brachte nichts von früher zurück.

Die walisische Landschaft hatte sich allerdings sehr verändert, seit er hierher evakuiert worden war, um den Bomben auf Birmingham zu entgehen. In den letzten dreißig Jahren waren riesige Nadelwälder gepflanzt worden. Sie überzogen die Hügel mit einer so schwarzen, dicken Decke aus pelzigen, spitznadeligen, eng beieinanderstehenden Bäumen, daß selbst Owen Glendower mit seinen walisischen Aufständischen kaum den Weg hindurchgefunden hätte, um die Engländer unter Heinrich IV. zu jagen.

Jetzt seh sich einer dieses Tal hier an! Eigentlich war es eine Schande. Früher war es zweifellos eine grasige, offene Landschüssel gewesen, in der die Schafe weideten und ein Bach von einem winzigen Wasserfall zum nächsten plätscherte – einer von den Bächen, in denen er und Tom ganze glückliche Tage lang gespielt hatten: sie waren darin herumgewatet und hatten Dämme und künstliche Inseln gebaut, die sie mit Zweigen und Moos schmückten. Aber obwohl es einen Bach unterhalb der Straße geben mußte, konnte man ihn jetzt noch nicht einmal ahnen, so dicht standen die Bäume beieinander, nicht viel mehr als ein Meter Abstand zwischen den Stämmen. Fast dunkel war es dort drinnen! Mit einem leichten Schaudern fragte sich Brill, wie viele Leute sich jedes Jahr in diesen Wäldern verirrten und nie mehr herauskamen. Feuerschneisen gab es immerhin jede Meile oder so, breite Korridore, die sich über die Hänge zogen und recht künstlich aussahen, weil ihr Verlauf die Lage der Landschaft nicht berücksichtigte. Doch zwischen den Feuerschneisen war

Platz genug, im Kreis zu laufen, bis man vor Hunger, Durst und Erschöpfung starb. Brrr! Wie viele Skelette kamen zum Vorschein, wenn ein Waldstück gefällt wurde, um Papier daraus zu machen – oder wozu man diese Bäume sonst verarbeitete?

Zweifellos verdiente jemand mehr an den Bäumen auf den felsigen Hügeln als an ein paar weidenden Schafen; doch Brill zog die grasigen Hänge vor, an die er sich aus seiner Kindheit erinnerte. Vorsichtig schaltete er den Bentley herunter und fuhr langsam ein zehnprozentiges Gefälle hinab. Wenn ihm einer entgegenkam, mußte der jedenfalls ausweichen. Eigentlich war es ein Risiko, einen guten Wagen über diese Straßen zu fahren – walisische Bauern rasten in ihren Landrovern wie die Verrückten; davon erzählten deutlich die Schrottautos, die sie unbekümmert in Steinbrüchen und ausgetrockneten Flußläufen deponierten –, dennoch, es hatte ihn einfach gereizt, über die Berge zurückzufahren und einen nostalgischen Blick auf Lieblingsplätze von früher zu werfen. Die Hotels an der Küste waren alle besser in Schuß als erwartet; so hatte Brill plötzlich einen freien Tag. Die Fahrt durch Snowdonia und Montgomery versprach einen reizvollen Umweg und die Erinnerung an geruhsamere Zeiten. Das Leben war heutzutage ein solches Nonstop-Rennen!

Obwohl es auch ein Fehler sein konnte, zurückzuschauen.

»Verschwende nie deine Zeit damit, Verlorenes zu suchen, Eric«, hatte ihm seine Mutter gesagt. »Wenn etwas verlorengeht, dann hat Gott es so gewollt. Und wenn es gefunden werden soll, dann wird er es zur rechten Zeit für dich finden.« Brills Mutter war eine tiefreligiöse Frau gewesen, wobei ihre Religion viel mit Reue und Strafe, Höllenfeuer und Verdammnis zu tun gehabt hatte. »Der Teufel ist es, der dich dazu verführen will, deine Zeit mit der Suche nach Verlorenem zu verschwenden«, pflegte sie zu sagen.

»Was will dann Gott?«

»Er will, daß du deinen dummen Verlust vergißt, ohne das Verlorene zurechtkommst, weitermachst und deine Zeit sinnvoller Arbeit widmest.«

Brill hatte diesen Ratschlag gut gefunden, und er hatte

es damit weit gebracht. Nie war er stehengeblieben, um nach einem Menschen oder einem Ding zurückzuschauen, und heute besaß er eine Hotelkette, eine Reihe von Supermärkten und war einer der reichsten Männer im Land.

Kurve um Kurve führte die Straße ins Tal. Überall standen Schilder der Walisischen Forstkommission – *Comisiwn Doedwigaeth* –, die vor Feuergefahr oder dem Betreten der Schonungen warnten – als ob irgend jemand freiwillig in diese dichten, dunklen, unwegsamen Tiefen hineingehen würde! Früher konnten er und Tom ihr Käsebrot auf jedem Quadratmeter Land im Umkreis von zwanzig Quadratmeilen verzehren und dabei einen Rundblick von zwanzig Meilen genießen; heute war nichts zu sehen als dunkles grünes Dickicht in zwei Meter Entfernung. Wo aßen die Leute jetzt ihr Picknick? Um so besser für mich, dachte Brill; sie gehen zum Mittagessen in ein Hotel.

Doch wie als Antwort auf seine Frage sah er vor sich ein Schild der Forstkommission, ein Piktogramm mit einem Strichmännchen an einem Tisch unter einer Tanne und den Worten Picknickplatz in Englisch und Walisisch. Picknickplatz! Es war wirklich ein bißchen rührend – und auch lächerlich –, die Leute auf ein paar hundert Meter zertrampelten Boden wie hier zu treiben, wenn ihnen früher die ganze Landschaft zur Verfügung gestanden hatte.

Als er jedoch nach einer weiteren halben Meile steilen, kurvenreichen Abstiegs beim Picknickplatz ankam, mußte er zugeben, daß die Forstkommission sehr gute Arbeit geleistet hatte. Als Fachmann konnte Brill seine Anerkennung nicht versagen. Die Straße lag jetzt auf gleicher Höhe wie der Bach, der zwischen Steinen am Fuß einer Böschung entlangplätscherte; daneben erstreckte sich auf einem grasbewachsenen Hang der Platz. Robuste Holztische und -bänke standen in unregelmäßigen Gruppen auf verschiedenen Ebenen, ein paar kleine Fichten dazwischen sorgten für ein wenig Abgeschiedenheit. Das Gras war sorgfältig gemäht, es gab ein paar geräumige Abfallkörbe, und nirgendwo war auch nur ein Bonbonpapier zu sehen. Wirklich sehr hübsch! Brill fuhr von der Straße auf den kiesbestreuten Parkplatz und stieg für ein paar Minuten aus dem Bentley. Er war diese kurvenreichen Bergstraßen nicht gewohnt und genoß es, die Beine zu strecken, Nacken- und Schultermuskeln zu entspannen und die würzige Waldluft in tiefen Zügen einzuatmen. Kein Mensch war zu sehen, schließlich war es schon spät am Tag für ein Picknick und außerdem kalt und feucht – in der letzten Nacht hatte ein ordentlicher Sturm getobt.

Sechs, stellte er mit einem Blick auf seine Armbanduhr fest. Gerade Zeit für einen Schluck. Er lächelte über den angenehmen Ort zur rechten Stunde, ging zum Wagen und holte aus dem Kofferraum, wo er immer eine Kiste Champagner aufbewahrte, eine Flasche Alfred Gratien. Mit einem Plastikbecher aus seiner Reisetasche setzte er sich an den nächsten Tisch und lockerte sorgsam den Korken, weil die Flasche in den letzten zwei Stunden kräftig geschüttelt worden war. Das Plop, mit dem der Korken herausschoß, klang in der Waldesstille frivol und unpassend. Das war eine weitere unangenehme Besonderheit dieser großen Nadelwälder – kein Vogel, kein Tier schien darin zu wohnen; sie waren tote Gebiete, doch mit einem eigenen, geräuschlosen, brütenden pflanzlichen Leben. Er wollte hier nicht Waldarbeiter sein, dachte Brill, in dieser todesähnlichen Stille würde er nicht gern viel Zeit verbringen. Phantasie war etwas, was er längst verloren und nie gesucht hatte, doch jetzt regte sie sich unbequem in ihrem Grab.

Doch der Gratien lief ihm angenehm perlend durch die trockene Kehle und verbreitete eine belebende Wärme. Genau, was der Doktor verschrieben hätte! Er trank einen weiteren Becher und wünschte sich einen Gefährten, mit dem er diesen Augenblick teilen könnte. Tom wäre der richtige gewesen. Damals gab es keinen Champagner, dachte Brill und lächelte wieder. Sie konnten von Glück reden, wenn Mrs. Hughes ihnen eine Flasche kalten Tee mitgab. Tee war damals rationiert – und überhaupt war die Flasche hinderlich; meistens tranken sie einfach aus den Bächen. Zum Glück hatten sie sich keine Leberfäule geholt. Und wenn, hätten sie es wahrscheinlich gar nicht gemerkt. Der arme Tom – in gewisser Weise wäre die Leberfäule dem vorzuziehen gewesen, was dann geschah –

aber so war es nun mal. Aus Tom hätte ein Trinker, ein Verbrecher, ein Schuldenmacher oder ein religiöser Spinner werden können, vielleicht hätte auch nichts auf ihn gewartet als ein tödlich langweiliges Leben in den Waliser Tälern. Man bekam die Karten, die das Schicksal austeilte; man muß sich in sein Schicksal fügen, was immer das heißen mag. Jedenfalls hatte Tom sich in sein Schicksal gefügt; es brachte nichts, sich über ›was wäre geschehen, wenn ...‹ den Kopf zu zerbrechen.

Noch ein Becher voll in der Flasche. Er leerte ihn, dann warf er die Flasche in den nächsten Abfallkorb, der nicht weit entfernt war. Irgendein Arbeiter der Forstkommission würde schön staunen, sie zwischen Coladosen und Chipstüten zu finden! Er hatte nicht gut gezielt – der Arm war noch steif vom Fahren –, die Flasche prallte auf den Metallrand und zersplitterte.

Der Krach und das Geklirr – überraschend laut in der feierlichen Stille – schien ein eigenes kleines Echo zu wecken. Dann merkte er, daß es ein Winseln war – erst schwach, dann lauter. Von der anderen Seite der Lichtung hörte er jetzt ein Trippeln, und einen Augenblick später kam ein kleiner Hund zwischen den Bäumen hervor, ein struppiges schwarzweißes Tier, wohl eine Mischung aus einem walisischen Corgi und einem Terrier. Brill mochte Hunde nicht; er betrachtete ihn mit Abneigung. Wo zum Teufel war er hergekommen? In dieser Wildnis waren keine Häuser. Verirrt, entlaufen, von Rastenden vergessen? Der Hund kroch unterwürfig näher, er wedelte so heftig mit seinem Stummelschwanz, daß sein ganzes Hinterteil vibrierte – ekliges kleines Bettelvieh. Auf keinen Fall wollte er etwas mit ihm zu tun haben. Sollte der Hund allein seinen Weg nach Hause finden, das würde ihm letzten Endes sicher gelingen. Er drehte sich um und ging auf seinen Wagen zu, doch das Tier packte ihn tatsächlich am Hosenbein, als wollte es ihn aufhalten. Diese Frechheit! Er drohte mit der Hand; der Hund wich zurück, ließ aber nicht los. Jetzt wurde Brill zornig – dieser Anzugsstoff hatte schließlich fünfzig Pfund pro Meter in der Jermyn Street gekostet – und schlug den Hund; der kläffte und biß ihn mit nadelscharfen Zähnen, dann jagte er an den

Rand der Lichtung und beäugte ihn nervös und vorsichtig.

Brill fluchte. Von seiner Hand rann Blut – wer hätte gedacht, daß dieses kleine Biest so scharfe Zähne hatte? Er streckte den Arm aus, um seinen Anzug nicht zu beschmutzen – natürlich war es auch noch die rechte Hand! – und suchte mit der linken nach einem Taschentuch. Die Wunde sollte ausgewaschen werden, dachte er – es bestand die Gefahr von Wundstarrkrampf, vor allem, wenn der elende kleine Köter wild in den Wäldern gelebt hatte. Oder Tollwut! Ob es ratsam war, die Hand sofort im Bach zu waschen? Oder bedeutete das noch mehr Gefahren? Da es jetzt in der Wunde anfing, schmerzhaft zu klopfen, beschloß er, den Bach zu riskieren, und kletterte vorsichtig hinunter. Dieser Wasserlauf sah seltsam vertraut aus – die riesige Eiche und das felsige Ufer, fast eine Klippe, dort unten – bestimmt hatte er diese Stelle schon einmal gesehen? Doch er war nicht in der Stimmung, seine Zeit mit alten Erinnerungen zu vergeuden. Das eiskalte Wasser tat jedenfalls seiner Hand gut, solange er sie eintauchte. Doch auf dem Rückweg zum Wagen landeten drei Mücken und eine Bremse auf der steif ausgestreckten nassen Hand und stachen zu. Er schlug nach ihnen, doch jedesmal zu spät, als daß er den raschen, stechenden Schmerz verhindert hätte. Ekelhafte Biester! Es war schrecklich, wie schnell sie Blut rochen und sich darauf stürzten wie die Aasgeier. Wieder fluchte er und wickelte ungeschickt das Taschentuch um die Hand. Die Wunde hatte aufgehört zu bluten; das war ihm auch nicht recht, das Blut könnte das Gift herausschwemmen, falls welches drin war. Die vier kleinen Einstiche schmerzten immer noch höllisch.

Nichts wie weg von diesem verdammten Fleck, dachte er und ließ sich auf dem Fahrersitz nieder, der ihn tröstlich umfing. Der Hund stand immer noch dort unter den Bäumen und beobachtete ihn, doch er versuchte nicht, sich dem Wagen zu nähern. Er mußte der Polizei Bescheid sagen; das gefährliche Vieh sollte auf jeden Fall getötet werden.

Die Weiterfahrt erwies sich als unerwartet schwierig; bei jeder Drehung am Lenkrad schoß ihm ein Schmerz in den Arm. Bald bemerkte er entsetzt, daß seine Hand sich violett-rot verfärbte und anfing, dick zu werden. Auch der Arm war geschwollen und heiß, und es klopfte darin bis zum Ellbogen. Das war bestimmt das letzte Mal, daß er so töricht war, durch diese hassenswerte Wildnis voller tollwütiger Tiere und bösartigem Ungeziefer zu fahren. Ob die Straße nie aus diesem engen, kurvenreichen, bedrückenden Tal herausführte?

Nach weiteren sechs oder sieben Meilen, die ihm wie zwanzig vorkamen, wich der Wald zu seiner ungeheuren Erleichterung einer Wiese; die Hügel lagen jetzt weiter auseinander und sahen aus wie baumbewachsene Zuckerhüte zu beiden Seiten der Straße. Endlich hatte er eine Viertelmeile freie Sicht in jeder Richtung. Er kam an ein paar mit Wellblech gedeckten Scheunen vorbei, und dann sah er, Gott sei Dank, die Dächer eines kleinen Dorfes vor sich. Gerade rechtzeitig! Er bezweifelte, ob er noch viel weiter fahren könnte. Der Schmerz machte ihn schwindelig. Er mußte jemanden dafür bezahlen, daß er ihn in die nächste Stadt fuhr – wahrscheinlich Trefonen Wells –, wo es ein Krankenhaus gab und er eine Tetanusspritze und richtige Pflege bekommen konnte.

Als er auf dem graukiesigen Parkplatz vor dem Gasthaus hielt, war ihm so übel vor Schmerz, daß es ihn nur wenig überraschte, in diesem winzigen Ort am Fuß des langen, düsteren, unwirtlichen Waldtals tatsächlich Nant Wilym zu erkennen – seine Zuflucht im Krieg –, den Ort, den er einmal so gut gekannt hatte. Welche Veränderung im Tal! Aber hier war das Gasthaus – »Zum willkommenen Fremdling«; dort, gegenüber, Mrs. Hughes' rotes Backsteinhäuschen, eng an die häßliche, schiefergedeckte kleine Kirche geklammert; droben auf dem Hügel der Ty-Nant-Hof mit seinen Scheunen und Nebengebäuden. Mehr Häuser gab es nicht; Weiler bezeichnete die winzige Siedlung besser als das Wort Dorf. Wie entsetzt war er gewesen, als er mit zehn hier ankam! Keine Läden, kein Kino, nichts! Mit äußerster Vorsicht stieg er aus dem Bentley, um mit seinem Arm nicht anzustoßen, und empfand kaum mehr Wohlwollen gegenüber dem, was er sah, als damals. Jedenfalls hatte er keine Lust, ins Häuschen der Hughes' zu gehen – wer immer heute da auch wohnen mochte. Mit der linken Hand klopfte er an die Gasthaustür. Um diese Zeit sollten sie doch wohl geöffnet haben?

Es dauerte lange, bis jemand auf sein Klopfen reagierte. Doch endlich wurde die Tür geöffnet, und eine abgehärmte, aufgeregt wirkende Frau spähte durch einen Spalt heraus.

»Haben Sie das Schild nicht gesehen?« fragte sie.

Er schaute in die Richtung, auf die ihr Finger deutete, und bemerkte jetzt, was ihm vor Schmerzen und Benommenheit entgangen war: ein Blatt Papier, das ungeschickt über die Speisekarte geklebt war. Darauf war mit Tinte geschrieben:

Wegen Infektionskrankheit geschlossen.
Nicht eintreten.

»Was ist es?« fragte Brill rauh.

»Wir fürchten, es könnte Milzbrand sein. Es hat einen verdächtigen Fall gegeben ...«

»Milzbrand!« Brill trat einen Schritt zurück. Selbst in seinem fiebrigen Zustand bedeutete das Wort Gefahr. »Warum ist der Kranke nicht in der Klinik unter Quarantäne?«

»Ein Erdrutsch auf der Straße nach Trefonen. Das Telefon geht nicht ...«

»Aber ...«

Verzweifelt erinnerte er sich, wie häufig Erdrutsche auf der engen kleinen einspurigen Straße vorkamen, die nach Trefonen Wells im Osten führte. Im Winter waren sie oft wochenlang abgeschnitten gewesen.

»Gehen Sie über die Straße zu Mrs. Morgan. Sie hilft Ihnen, egal, was Sie brauchen«, sagte die Frau und machte ihm die Tür vor der Nase zu.

Brill ging zu dem Häuschen, in dem er vier Jahre seiner Kindheit verbracht hatte. Doch die Frau im »Willkommenen Fremdling« hatte *Morgan* gesagt; lebten die Hughes' denn nicht mehr im Dorf? Nun, das wäre gut; er hatte keine Lust, die Beziehungen zu ihnen zu erneuern. Besonders nicht in diesem Zustand.

Und tatsächlich war die Frau, die sofort die Tür des

Häuschens öffnete, eine Fremde; eine dünne, dunkle, angespannt wirkende Waliserin wie die im Gasthaus. »Was ist?« fragte sie in nervösem, feindseligem Ton, und dann, als sie den Arm sah, den er wie einen Ausweis vor sich hielt: *»Ach-y-fi!«*

»Haben Sie ein Telefon?« fragte er rasch. Die Hughes' hatten keins gehabt – das einzige Telefon im Dorf war im Gasthaus gewesen; aber, verdammt noch mal, das war über dreißig Jahre her. Doch sie schüttelte den Kopf.

»Die Leitung ist gestört – und die Straße nach Trefonen ist blockiert – es war der schreckliche Sturm gestern nacht ...«

Was für ein Idiot, was für ein Idiot war er gewesen, diese Strecke zu fahren!

»Also, sehen Sie – mein Arm ist in einem schrecklichen Zustand – ein Hund hat mich gebissen. Gibt es irgendeinen, der mich zurückbringen kann, wo ich hergekommen bin, in ein Krankenhaus? Ich kann ihn gut bezahlen ...«

Sie schüttelte wieder den Kopf. »Mr. Price auf dem Hof ist krank. Und ich kann nicht Auto fahren. Aber ich kann Ihnen den Arm baden – einen Umschlag machen ...«

Er hatte das elende kleine Haus nicht betreten wollen; mit sinkendem Herzen erkannte er den feuchten Geruch nach nicht ganz sauberen Tischtüchern und Pellkartoffeln – genau wie damals, als er ein Junge gewesen war. Aber irgendwie zwang sie ihn auf einen harten Stuhl am Feuer; genau derselbe Kamin, in dem ein paar Kohlen vor sich hin glimmten. Sie hatte einen Wasserkessel aufgestellt, zog Lappen aus einer Schublade, holte eine Flasche Desinfektionsmittel.

Desinfektionsmittel! Als ob das helfen würde! Was er brauchte, waren Antibiotika und eine Tetanusspritze.

»Morgen früh kommt bestimmt der Briefträger und dann der Milchwagen über die Bergstraße«, sagte sie beruhigend. »Und er wird eine Nachricht mitnehmen, und dann schicken sie einen Krankenwagen für Mr. Davies im Gasthaus.«

Und ich soll im selben Krankenwagen fahren wie ein Mann mit Verdacht auf Milzbrand? dachte er. Danke! Bis zum Morgen wäre sein Arm vielleicht sowieso reif für eine Amputation.

»Großer Gott, mir ist sterbenselend«, stöhnte er.

»Gladys, hilf mir, den Herrn ins Bett zu bringen«, sagte Mrs. Morgan, und er stellte fest, daß eine weitere Person hereingekommen war, ein Mädchen, bestimmt ihre Tochter. Es gab ein gemurmeltes Gespräch, er wurde gestützt und um ein paar Ecken geführt, dann lag er auf einem Bett. Die Erleichterung, flach zu liegen, war groß, doch sie wurde beeinträchtigt durch seinen Arm, der sich immer schlimmer anfühlte. Der Schmerz war nicht gleichbleibend, sondern kam in scharfen, überfallartigen Stößen, die ihn jedesmal weckten, wenn er in eine Art Ohnmacht gefallen war. Seine Augen wanderten unglücklich und fiebrig umher, und er merkte, daß sie ihn in dasselbe Zimmer gelegt hatten, in dem er und Tom Hughes damals schliefen: im Erdgeschoß, hinten, mit einem Fenster zum Friedhof. Der Hügel hinter der Hütte stieg so steil an, daß ein paar Grabsteine direkt am Fenster zu lehnen schienen. Man konnte kein Stückchen Himmel sehen, der Hügel verdeckte alles und war gekrönt, daran erinnerte er sich, von großen dunklen Platanen und von der Kirche. Selbst am Tag war das kleine viereckige Zimmer so dunkel gewesen wie ein Tank voll Wasser. Die Wände waren in einem dunklen, glänzenden Grün gemalt. Bei Nacht würde es schwarz sein – schwarz und dunkel. Kein Stern, kein Lichtschimmer war zu sehen. Er und Tom hatten sich eine Taschenlampe gewünscht. Doch Batterien waren damals nicht zu bekommen, und Kerzen waren verboten ...

»Hilfe!« schrie er heiser. »Hilfe!«

»Was ist denn, was ist los?«

Zwei ängstliche Gesichter waren am Fuß des großen Kastenbetts. Die Frau und das Mädchen.

»Da ist ein Hund – im Bett gefangen! Ich kann ihn winseln hören.«

»Ach, der arme Kerl, er phantasiert.«

»Nein, das stimmt nicht, ich bin ganz klar. Schnell – erzählen Sie mir, was aus den Hughes' geworden ist?«

»Hughes?« Mutter und Tochter schauten einander verständnislos an.

»Myfanwy Hughes – und ihr Mann – sie haben früher hier gewohnt ...«

»Ach, du meine Güte, das ist lange her. Ja, sicher, eine Mrs. Hughes hat es gegeben; ihr Mann ist aus dem Krieg nicht zurückgekommen, glaube ich, deshalb ist sie zu ihrer verheirateten Schwester gezogen. Aber das war lange vor unserer Zeit.«

»Sie hatte einen Jungen, Tom ...«

»Der muß jetzt erwachsen sein. Gott weiß, was aus ihm geworden ist.«

»Ich habe gehört«, warf das Mädchen ein, »daß er jung gestorben ist. Er ist in einen alten Grubenschacht gefallen, und sie haben ihn monatelang nicht gefunden.«

»O Gott, o Gott, mein Arm. Können Sie nicht etwas tun – irgendwas ...?«

»Ich gebe Ihnen etwas Codein.«

Codein! Genausogut könnten sie ihm doppelkohlensaures Natron geben. Er nahm die Pillen – mehrere –, und der Schmerz breitete sich aus; jetzt war er nicht mehr wie eine Brillantspitze, sondern wie ein Mühlstein, der ihn erschlug.

Nun wurde ihm klar, daß Tom und der Hund im Bett gefangen waren. Tom und sein Hund! Wie konnte er das vergessen haben! Drudwyn wurde das Tier gerufen, nach irgendeiner walisischen Legende – ein kleines, trippelndes, schwarzweißes Tier, das Tom überallhin folgte und nachts unter dem Bett schlief – oder darauf, im Winter ...

Sie waren irgendwo unten, beide – weit unten.

»Eric, Mann!« hörte er Toms Stimme. »Um Gottes willen, laß mich hier unten nicht allein! Hol mich raus! *Hol mich raus!*«

Aber er war entsetzt davongelaufen. Man hatte ihnen streng verboten, in die Nähe der alten Mine zu gehen. Es würde bösen Ärger geben.

Er hatte auch den Hund hinuntergetreten und dabei achtgegeben, daß er die abbröckelnde Kante mied, die unter Tom nachgegeben hatte. Und dann war er den ganzen Weg nach Nant Wilym zurückgerannt. Bis er beim Häuschen ankam, hatte er noch nicht endgültig entschieden, was er erzählen würde. Aber dann war das Glück mit ihm, niemand war zu Hause. Mrs. Hughes war mit den Leuten aus der Gaststätte – sie hießen damals Evans – nach Trefonen gegangen, der Tee für die Jungen stand unter einem Tuch bereit. Und Dai, der Briefträger, kam im gleichen Augenblick wie er mit einer Postkarte, die ihn nach Birmingham zurückrief, weil sein Vater acht Tage Urlaub bekommen hatte. Er packte seine wenigen Kleider, kritzelte eine Nachricht und ließ sich von Dai bis Welshpool mitnehmen, dort fand er einen Laster, der nach Birmingham fuhr.

»Und wo ist Tom?« hatte der Briefträger überrascht gefragt, weil sie nicht zusammen waren.

»Oh, er wollte fischen gehen. Ich hab ihn seit dem Frühstück nicht gesehen.«

In Birmingham war es leicht gewesen, seine Mutter zu überreden, daß er bleiben durfte. Die Angriffe ließen nach.

Zwei Tage später überbrachte ihnen die Polizei eine dringende Nachricht von Mrs. Hughes: Ob Eric wisse, wo Tom sein konnte? War er mit nach Birmingham gegangen, um die Stadt zu sehen? Nein, er habe keine Ahnung, sagte Eric und wiederholte die Geschichte vom Fischen – Tom hatte davon gesprochen, nach Llyn Mawr zu gehen ...

Auf keinen Fall konnte man ihn verdächtigen; jeder wußte, wie die Jungen aneinander hingen. Und tatsächlich hatte er nie mehr einen Freund wie Tom gehabt.

Sie hatten sich nicht eigentlich gestritten; er hatte ihn nur aus Spaß gestoßen.

Wie war es möglich, daß diese beiden Frauen im vorderen Zimmer Toms Schreie nicht hörten und das Heulen des Hundes im Bett?

Nach einer Weile schafften sie es, herauszukommen. Jetzt sah Brill Tom an der Tür stehen.

»Es ist schon gut, Eric, Mann; ich bin kein bißchen böse auf dich. Guck mal, ich hab dein Messer. Weißt du noch, daß du es mir an jenem Tag geliehen hast? Ich hab immer gewußt, daß du einmal zurückkommen und es holen würdest. Hier, nimm es.«

Doch Toms Gesicht war ganz zerschmettert.

Brill kroch aus dem Bett, stieß das Fenster auf und kletterte mit bemerkenswerter Geschicklichkeit hinaus, wenn man den brennenden Schmerz in seinem rechten Arm bedachte.

Auf dem Friedhof war es so dunkel wie in Toms Schlafzimmer. Und auch hier schien Gesellschaft auf ihn zu warten.

Am nächsten Tag fanden die Morgans ihn zusammengebrochen auf dem Grab von Tom Hughes, elf Jahre alt, dessen Leiche vor so langer Zeit aus dem Grubenschacht geholt worden war.

Brill war nicht tot, doch er starb zwei Tage später im Krankenhaus, wo er immer wieder schrie: »Wenn es verloren ist, dann hat Gott es so gewollt!«

Mein Bruder und ich beschlossen, unseren eigenen Spendenausflug zu machen. Wir hatten keine Lust, mit den anderen zum Kloster nach Midchester zu gehen; wir wollten zum Schwanenkind auf dem Abbotsbury-Berg. Das war neun Meilen entfernt, wenn wir es also hin und zurück schafften, wären das achtzehn Meilen. Unser Onkel Christy Thorpe hat das Gasthaus am Fuß von Abbotsbury, und er würde unsere Karte unterschreiben und bezeugen, daß wir wirklich dorthin gewandert waren, und unsere geplante Strecke führte auf lauter Fußwegen über Land, es war also ausgeschlossen, daß wir schummeln und uns von Autofahrern mitnehmen lassen würden.

Gut, wir gingen also durchs Dorf und suchten Spender. Fünf Pence pro Meile boten die meisten, einer oder zwei waren sogar bereit, zehn zu zahlen. Das Geld war für die Schulbücherei bestimmt, zum Kauf neuer Bücher.

Das letzte Haus im Dorf, entgegengesetzt von unserem, Nash End Haus, ist groß und weiß und quadratisch. Wir kennen Mrs. Williams, die dort wohnt, weil sie einmal in der Woche in der Schulbücherei hilft. Hinter ihrem Haus liegt ein Obstgarten, dann ist da eine sumpfige Wiese, und dahinter steht ganz für sich in einem verwilderten Garten vor einem bewaldeten Hang der Bungalow. Über die Leute in diesem Haus wußten wir gar nichts. Sie ließen sich im Dorf nicht sehen.

»Wer wohnt eigentlich im Bungalow?« fragte Jake Mrs. Williams, als sie unsere Liste unterschrieb. »Kommen sie nur am Wochenende?«

»Oh, dort würde ich nicht hingehen«, sagte sie hastig. »In diesem kleinen Haus wohnen ein paar sehr merkwürdige Leute. Ich habe zwei Frauen gesehen, und früher war da auch ein Mann – aber ich glaube, er ist gestorben, ich bin ihm lange nicht mehr begegnet ...«

»*Wie* merkwürdig?« fragte ich.

»Nun, manchmal habe ich jemanden ganz verrückt lachen hören, in einem fort – und ein- oder zweimal schreien. Sie scheinen nie das Haus zu verlassen. Nein, an eurer Stelle würde ich den Bungalow auslassen. Ihr habt ja schon alle anderen im Dorf«, sagte sie mit einem Blick auf unsere Liste. »Ich wünsch euch einen schönen Tag, gutes Wetter habt ihr ja schon. Viel Spaß auf dem Abbotsbury-Berg.«

Wir hatten tatsächlich schon alle anderen im Dorf, und gerade deshalb war es ärgerlich, den Bungalow nicht auch noch zu haben. Ziemlich langsam gingen wir am Gartenzaun entlang, einem gewöhnlichen, weißgestrichenen Lattenzaun zwischen zwei großen federigen Bambusstauden. Er hätte einen neuen Anstrich nötig gehabt. Ein Gartenweg führte zu dem eingeschossigen, schiefergedeckten Haus, das mit Spalierpflanzen und Clematis überwachsen war. Auf beiden Seiten des Weges standen hohe Pflanzen – Tigerlilien und Rosenbüsche und Phlox. Alles wirkte friedlich und ganz normal.

»Ach, komm schon«, sagte Jake. »Wir wollen es probieren. Sie können uns nicht fressen. Und wenn sie mit Äxten auf uns losgehen, können wir immer noch davonrennen und um Hilfe brüllen.«

Also öffneten wir mit klopfenden Herzen das Gartentor und gingen hinein, schlichen auf Zehenspitzen den Weg entlang, auf dem ein verknäuelter Gartenschlauch lag, und waren schon halb beim Haus, als eine Stimme uns plötzlich anhalten ließ.

»Hallo?« sagte sie – ganz normal und freundlich, aber hinter unserem Rücken, und das war etwas beunruhigend. »Was wollt ihr denn?«

Wir drehten uns schnell um. Und da saß eine Frau auf einem Hocker mitten auf einem kleinen Rasenstück rechts von uns und malte ein Bild auf einer Staffelei. Sie trug ein gestreiftes Baumwollkleid und Sandalen und einen großen schattenspendenden Hut. »Ich bin Clarissa Forbes«, fuhr sie ganz liebenswürdig fort. »Was kann ich für euch tun?«

Ein schmaler grasbewachsener Pfad führte zu ihrem Rasenfleck zwischen den Blumengruppen, also gingen wir zu ihr, und Jake, der ein Jahr älter ist als ich, erklärte den Spendenausflug, während ich das Bild auf der Staffelei betrachtete.

Es war mit Wasserfarben gemalt und zeigte die Blumen im Garten, aber nicht realistisch: Die Pflanzen waren zu langen wuchernden dünnen Formen verzogen, alle ineinander verschlungen, in seltsamen, aber klaren Farben, sehr kräftig, sehr dunkel, mit harten Linien dazwischen; und irgendwo in dem Gewirr aus Stengeln konnte man einen Menschen gerade noch erkennen, der vielleicht eine halbe Pflanze war oder von ihnen eingeschlossen wurde und versuchte freizukommen. Es sah aus, als wäre es sehr schnell und geschickt gemalt worden – einige Farben waren noch feucht. Ich fand es großartig – die Formen und Farben waren genau richtig, und sie vermittelten ein Gefühl der Erregung und Befriedigung zugleich, als hätte man das nicht erwartet, wüßte aber bei seinem Anblick, daß man sich das die ganze Zeit gewünscht hat.

Clarissa Forbes merkte, daß ich die Augen nicht davon abwenden konnte. »Gefällt es dir?«

»O ja! Sehr gut!«

»Schön«, sagte sie und schrieb sich mit zehn Pence in Jakes Liste ein. »Wenn ich genug Bilder fertig habe, mache ich eine Ausstellung.«

»Haben Sie schon viele?« fragte ich, weil ich gern mehr gesehen hätte und hoffte, sie würde sie mir zeigen wollen. Ich musterte sie aufmerksam. Ihr Gesicht war nicht jung, aber glatt wie ein Stein, der unter Wasser gelegen hat. Ihre Augen waren groß, unruhig, blaßblau, sie trug kein Make-up, und ihre Haare, teils blond, teils grau, waren zu einem unordentlichen Knoten zusammengefaßt. Sie war sehr, sehr dünn; ihre Handgelenke waren dünner als meine, und an einem war eine Narbe. Sie hatte fremdländisch aussehende Sandalen an den ziemlich schmutzigen nackten Füßen.

»Oh, ich habe Hunderte gemalt. Eigentlich tue ich kaum etwas anderes. Nur«, sie schaute sich unbestimmt um, »weiß ich nicht, wo sie sind. Ich kann sie nie finden, wenn ich sie suche.« Sie lächelte ein wenig und betrachtete ihre Hände, die merkwürdigerweise in baumwollenen Netzhandschuhen steckten, vielleicht weil mehrere ihrer Finger verbunden waren. Ich nahm an, die Handschuhe würden die Verbände sauberhalten. »Wohin macht ihr euren Ausflug?« fragte sie uns.

Jake sagte es ihr, Abbotsbury-Berg, zum Schwanenkind. Das Schwanenkind ist nicht wirklich ein Schwanenkind. Es ist ein Bild an der Bergwand im Kreidefelsen, sehr alt, aus der Eisenzeit. Es könnte einen Schwan oder einen knienden Menschen mit gesenktem Kopf und ausgestreckten Armen darstellen. Wenn man die Kreide berührt, dort wo die Linien der beiden Arme oder Flügel sich kreuzen, soll man einen Wunsch gewährt bekommen, was immer das heißen soll.

»Das Schwanenkind«, sagte Clarissa Forbes. »Oh, davon habe ich gehört! Oh, ich wollte, ich könnte mit euch gehen!« Sie klang richtig sehnsüchtig und neidisch.

»Warum tun Sie es nicht?« sagte Jake. »Es ist nur neun Meilen entfernt. Oder wenn Ihnen das zu weit zu gehen ist, könnten sie auf der Landstraße hinfahren, wenn Sie einen Wagen haben. Das ist ein bißchen weiter.«

»Nein«, sagte sie. »Wir haben einen Wagen, aber ich kann nicht fahren. Die anderen schon, aber sie würden sich nichts daraus machen, das Schwanenkind zu sehen. Nein, ich fürchte, ich kann nicht mitkommen. Aber ich wollte, ich könnte es.« Sie klang traurig.

Alles, was sie sagte, war völlig normal, und trotzdem war etwas Seltsames um sie. Ich mochte sie – und bedauerte sie auch –, aber ich konnte sehen, daß Jake weiter wollte. Es war etwas sehr Bedrückendes, ein Gefühl des Eingeschlossenseins in diesem kleinen Garten mit seinen hohen Bambushecken ringsum und dem Kiefernwald dahinter und den Gruppen von hohen, prunkhaften Blumen. Jake drehte sich um und stolperte über ein weiteres Stück Gartenschlauch, das vom Hauptweg hierhergezogen worden war; ein Ende ragte aus dem Rasen heraus, und ein Teil davon war unter der Erde vergraben, und das kam mir sonderbar vor; vielleicht führte es zu einem unterirdischen Absperrhahn.

»Wohin geht das?« fragte ich.

»Ich weiß nicht«, sagte Clarissa unbestimmt. »Jemand von den anderen müßte dir das erklären.«

So wie sie *die anderen* sagte, hätte man denken können, es wimmelte hier von Leuten, doch es war von niemandem etwas zu hören oder zu sehen; es war totenstill.

»Also – vielen Dank«, sagte Jake und ging eilig auf das Gartentor zu.

Ich zögerte und sagte: »Sollen wir auf dem Rückweg noch mal hereinschauen – falls wir es schaffen und bis zum Schwanenkind kommen – und das Geld abholen?«

Sie sah ängstlich aus.

»Um welche Zeit wäre das?«

»Oh – so um sechs, denke ich. Vorher sind wir kaum zurück.«

Ihr Gesicht wurde noch ängstlicher.

»Dann kommt besser nicht mehr. Wenn es vor sechs wäre – das ginge. Aber ...«

»Oh, das macht nichts. Wenn Sie dann nicht da sind, kommen wir ein andermal in der nächsten Woche«, rief Jake rasch zurück.

»Nein, das ist es nicht. Ich gehe nie aus. Aber, versteht ihr, so um sechs verwandle ich mich in eine der anderen. Sie ahnen nicht, daß ich das weiß, aber *ich* weiß es!« Sie lachte. »Und euch würden sie gar nicht gern sehen – keiner von ihnen. Deshalb wäre es besser, wenn ihr irgendwann am Morgen kämt – dann bin ich immer hier.«

Sich in eine der anderen verwandeln? Ich fragte mich, was um alles auf der Welt das heißen sollte.

»Komm, Cis!« rief Jake auf der anderen Seite des Zauns.

Doch Clarissa fuhr vertraulich fort: »Verstehst du, wir sind drei. Ursprünglich waren es vier. Aber jetzt sind es Esme, Ag und ich.« Sie lachte wieder und sagte: »Sie halten mich für sehr töricht – das Baby der Familie. Mit dem Kopf in den Wolken. Nun – Esme ist natürlich sehr tüchtig. Sie ist unser Organisator. Und Ag ist die Dienerin. Sie mögen keine Kinder, fürchte ich. Überhaupt keinen Besuch. Deshalb kommt auf keinen Fall nach sechs her. Keine von ihnen würde euch Geld geben, welche ihr auch treffen würdet. Und es könnte Ärger geben.«

»Cis! Komm jetzt, sonst schaffen wir es nie!« rief

Jake ungeduldig von der Straße her. Also sagte ich eilig auf Wiedersehn und lief zu ihm hinaus.

»Bitte sag einen Wunsch für mich auf dem Schwanenkind!« rief Clarissa mir nach.

»Was soll ich wünschen?«

Doch Clarissa seufzte nur.

»Buuh!« machte Jake, als wir auf dem Fußweg im Kiefernwald waren. »Was für ein altes Gespenst! Ich hab sie nicht ausstehen können! Ich hab das kalte Grausen gekriegt.«

»Sie hat ein tolles Bild gemalt«, sagte ich. »Das hat mir gefallen. Und sie tut mir leid.«

»Mir nicht! Mir ist es egal, wenn ich sie nie wiedersehe. Ich bin dafür, daß wir bei ihr kein Geld abholen. Es sieht sowieso nicht aus, als würden wir welches kriegen. Und wir haben auch so genug.«

»Das ist dumm.«

»Wahrscheinlich hat sie gar kein Geld.«

»Was kann sie nur damit gemeint haben – sich in eine der anderen zu verwandeln?«

»Ich weiß nicht, und es ist mir auch egal!«

Aber den ganzen Tag konnte ich nicht aufhören, daran zu denken.

Es war eine lange, heiße Wanderung. Wir trotteten Fußwege entlang, um gepflügte Felder herum, über Wurzeln, durch Dickicht, über sandiges Heideland; wir überquerten Bäche auf Bretterstegen und patschten durch sumpfige Wiesen; ein- oder zweimal mußten wir eine Hauptstraße überqueren oder eine Brücke benutzen, um auf die andere Seite eines Flusses zu kommen. Jake hatte die Karte und dirigierte uns; das kann er gut. Und die allgemeine Richtung konnten wir nicht verfehlen, weil vor uns die Bergkette lag mit dem Abbotsbury, der höher als die anderen war und sie um einiges überragte. Beim Näherkommen konnten wir das Schwanenkind über uns sehen, ein Wirbel aus weißen, geheimnisvollen Linien auf dem hellgrünen Berghang.

Onkel Christy brachte uns Apfelsaft in den Biergarten, der nur aus zertrampeltem Gras und einfachen Sitzgelegenheiten bestand; den ganzen Sommer über hatte er so viele Gäste, daß er nicht zur Gartenarbeit kam. Es war hier ganz anders als in dem schwülen, eingeschlossenen Garten des Bungalows mit seinen süßlich duftenden Lilien und dem Bambus.

»Am besten geht ihr vor dem Mittagessen den Berg hinauf«, sagte Onkel Christy. »Hinterher fällt es schwerer. Und es ist ein steiler Weg. Lauft jetzt, und wenn ihr zurückkommt, werde ich ein paar ordentlich belegte Brote für euch haben.«

Also stiegen wir, schon ein bißchen steif nach der kurzen Rast, den steilen Kreideweg hoch. Man konnte das ganze flache Land unten liegen sehen, dunkle blaugrüne Wälder und Hecken, helle gelbgrüne Weizenfelder dazwischen. Über uns schien die Sonne immer heißer, und der Berg roch nach Thymian. Eigentlich hätte ich Regen und Nebel und Einsamkeit vorgezogen; als wir zum Schwanenkind kamen, waren schon etwa zwanzig Leute da, die ihr Picknick verzehrten und Fotos machten – nun, es war ein Samstag, da mußte man mit Trubel rechnen. Ich wartete, bis ich an die Reihe kam, und berührte die Kreide da, wo das Schwanenkind seine Flügel kreuzt, und wünschte, daß ich einmal eine große Malerin würde und so bekannt auf der ganzen Welt wie Picasso. Dann fiel mir ein, daß Clarissa mich gebeten hatte, für sie zu wünschen, und ich versuchte einen Wunsch zu wünschen und ihn in mir zu bewahren wie eine unversehrte Seifenblase.

Ich hatte das Gefühl, wenn ich ihn ihr unversehrt bringen könnte, dann wüßte sie etwas damit anzufangen.

Auch Jake faßte das Kreuz an, ziemlich rasch und verlegen, als hielte er das für kindisch und unter seiner Würde. Ich fragte ihn nicht, was er sich gewünscht hatte, weil man das nicht darf, aber wahrscheinlich hatte es mit dem Fliegenlernen zu tun, seinem einzigen Ziel und Ehrgeiz. Obwohl er kurzsichtig ist und eine Brille tragen muß. Das Schwanenkind könnte zumindest diesen Wunsch erfüllen, dachte ich.

Dann gingen wir den steilen Weg wieder hinunter. Ich war ein bißchen enttäuscht gewesen, daß Onkel Christy uns die belegten Brote nicht mitgegeben hatte, damit wir sie auf dem Berg essen konnten, aber nachdem ich all die Leute dort oben gesehen hatte, war ich ganz zufrieden, unten in seiner riesigen kühlen Küche zu essen. Sie hat einen fliesenbelegten Boden mit Unebenheiten, die viele Schritte in Jahrzehnten hineingetreten haben, und alte schwarze Balken, an denen Kräuter und geräucherte Speckseiten hängen. Wir aßen unsere Brote an dem langen Küchentisch, wo Mrs. Goodyear, seine Haushälterin, aus Weißbrot und Butter und Käse und sauren Gurken und Salaten und kaltem Roastbeef und Soßen kalte Mahlzeiten zusammenstellt. Wir boten an, ihr zu helfen, doch sie sagte: »Bleibt nur sitzen, solang ihr könnt, Kinder. Ihr habt noch einen ordentlichen Weg vor euch.«

»Auf dem Herweg haben wir im Durchschnitt drei Meilen in der Stunde geschafft«, sagte Jake. »Auf dem Rückweg sollte uns das auch gelingen.« Doch Onkel Christie schüttelte den Kopf und sagte, wahrscheinlich würden uns die letzten vier oder fünf Meilen auf dem Rückweg sehr viel schwererfallen und uns Zeit kosten.

Natürlich machte der Rückweg nicht viel Spaß, weil vor uns nur flaches Land lag, die Berge waren hinter uns; und auch die Spannung, unbekanntes Gelände zu erkunden, war vorbei, das alles hatten wir schon gesehen. Wir fingen einen Streit über Liedertexte und -melodien an. Jake kann keine Melodie im Kopf behalten, obwohl er überzeugt ist, er könne es. Nach einer Weile hatten wir genug voneinander und gingen schweigend jeder für sich, Jake etwa zehn Meter voraus. Mir war das egal; ich dachte an Clarissa Forbes zurück.

Sie ahnen nicht, daß ich das weiß, aber ich weiß es, hatte sie gesagt. Wir sind drei, Esme und Ag und ich. Esme ist unser Organisator und Ag die Dienerin. Ursprünglich waren es vier. Aber wie konnte sie nichts von ihnen wissen, wenn sie alle im selben Haus wohnten, noch dazu in einem kleinen Bungalow? Und wer war die vierte Person gewesen, die nicht mehr da war? Um sechs, hatte sie gesagt, verwandle ich mich in eine der anderen. Was konnte sie damit gemeint haben?

Ich lief, um Jake einzuholen, und sagte: »Glaubst du, sie war verrückt?«

»Wer?«

»Clarissa Forbes.«

»Natürlich«, sagte er. »Irre. Bekloppt. Eine Schraube locker. Nicht alle Tassen im Schrank.«

»Ihr Bild war nicht verrückt. Es war wunderschön.«

»Woher weißt du das? Woher weißt du, was ein verrücktes Bild ist? Jedenfalls hat es viele verrückte Maler gegeben. Van Gogh hat sich das Ohr abgeschnitten.« Dann fing er an zu singen: »Sie war nur ein wunderschönes Bild in einem wunderschönen goldenen Rahmen«, weil er wußte, daß es mich ärgern würde, also blieb ich wieder zurück.

Kommt nicht nach sechs, hatte sie gesagt. Die anderen würden euch nicht gern hier sehen. Es könnte Ärger geben.

Was für Ärger, überlegte ich. Es klang sonderbar – eigentlich zum Fürchten. Wir sollten wirklich nicht nach sechs hingehen. Und das war es schon gleich – Onkel Christy hatte recht gehabt, unser Tempo wurde immer langsamer. Dennoch, dachte ich, morgen früh würde ich zum Bungalow gehen. Ich wollte unbedingt noch einmal dieses Bild sehen.

Als wir den letzten kiefernbestandenen Hügel erreichten, der zwischen uns und dem Dorf lag, schleppten wir uns nur noch langsam und vorsichtig weiter. Wir hinkten nicht, weil wir vorsorglich alte dicke Schuhe und Socken angezogen hatten, um keine Blasen zu bekommen, doch unsere Füße waren müde und taten weh.

Ausgerechnet jetzt mußte Jake angeben und losrennen.

»Ich bin so fröh-fröh-fröhlich wie ein Fröschlein und so flink-flink-flink wie ein Fink!« sang oder besser, gröhlte er und sprang über den kleinen Hügel. Dann hörte ich einen wütenden Schrei, ein Krachen und Fluchen. Als ich ihm über den Hügel und den Hang auf der anderen Seite gefolgt war, lag er zusammengerollt am Boden. Eine große Rutschspur erklärte, was geschehen war – er war auf den Kiefernnadeln ausgerutscht, die glasglatt waren, den Hang hinuntergesaust, über einen Baumstumpf gestürzt und in eine Kiefer geknallt. Von dem Zusammenprall war er fast ohnmächtig; und sein Bein war offenbar gebrochen. Es war fürchterlich verdreht.

»O Jake!«

»Schon gut«, murmelte er betäubt. »In einer Sekunde –

hilf mir nur hoch – ich werde auf einem Bein hüpfen, wenn du einen Stock findest ...«

Wir versuchten es einen Meter oder zwei, aber es war hoffnungslos; aus Versehen berührte er mit dem Fuß des gebrochenen Beines den Boden und stieß einen Schmerzensschrei aus.

»Du kannst nicht weitergehen, es wäre verrückt«, sagte ich. »Es könnte deinem Bein schrecklich schaden. Setz dich hier an den Straßenrand, und ich laufe ins Dorf und telefoniere von Mrs. Williams aus. Ich kann Vater bitten, uns mit dem Wagen abzuholen.«

Jake gab zuerst keine Antwort. Er biß sich auf die Lippe – offenbar war ihm schlecht vor Schmerz. Schließlich sagte er widerwillig: »Okay.«

Er saß keinen Steinwurf weit vom Gartentor des Bungalows, am Rand der buschigen Bambushecke. Ich überlegte, ob ich hineingehen sollte, doch das Haus von Mrs. Williams war nur fünfundzwanzig Meter entfernt, und sie kannten wir gut; eigentlich glaubte ich, sie würde uns wahrscheinlich selbst im Wagen nach Hause fahren.

Doch als ich an ihr Haus kam, war es verschlossen, und dann fiel mir ein, daß sie am Morgen erzählt hatte, sie wolle das Wochenende bei ihrer Schwester in Folkestone verbringen.

Die Dorfmitte lag eine weitere lange halbe Meile entfernt. Sollte ich weitergehen oder zurück zum Bungalow gleich nebenan? Ich beschloß, zurückzugehen. Auf meiner Uhr war es dreiviertel sieben, also öffnete ich ziemlich ängstlich das Gartentor und schlich hinein.

Im Garten war niemand; Hocker und Staffelei waren verschwunden. Ich ging zur Veranda mit dem Gitterwerk davor und zog an der Türglocke – einem blauen Stein an einem geflochtenen Lederriemen. Die Glocke klingelte einmal laut, und fast sofort wurde die Tür aufgerissen; nervös fuhr ich zurück.

Die Frau, die aufgemacht hatte, sah mich zornig an.

»Na? Was willst denn du?« fuhr sie mich an. »Kinder dürfen hier nicht rein.«

Ich sagte: »Es tut mir sehr leid. Da ist ein Unfall. Mein Bruder hat sich das Bein gebrochen. Können Sie – ist hier – dürfte ich vielleicht mal telefonieren?«

Sie sah überhaupt nicht wie Clarissa aus. Ihr Gesicht war geschminkt – sehr stark, mit leuchtendrotem Lippenstift und viel Lidschatten und einer dicken Schicht orangefarbenem Make-up überall. Ihre Haare hingen in Ringellocken um ihren Hals – sehr unvorteilhaft in ihrem Alter –, und sie trug ein Tweedkostüm, das an diesem warmen Abend ganz unpassend war, Strümpfe und hochhackige Schuhe. Am meisten ängstigte mich, daß ich sehen konnte, sie war dieselbe Frau – ihre Knochen waren dieselben, und diese dünnen, dünnen Handgelenke, das eine mit der Narbe. Ich erkannte auch eine Narbe an ihrer Stirn – und dennoch war ihr Gesicht völlig anders. Und ich meine wirklich völlig. Ich hätte sie nicht erkannt, wenn – wenn ich es nicht gewußt hätte. Auch ihre Stimme war anders.

»Telefonieren, telefonieren?« fragte sie schroff. »Und warum willst du das? Wer bist du?«

»Ich bin Cicely Freeman. Wir wohnen in dem Backsteinhaus bei der Post. Mein Bruder und ich haben einen Spendenausflug zum Schwanenkind gemacht ...«

»Schwanenkind? Was ist das? Nie davon gehört. Und ich *will* es auch nicht. Und ich glaube nicht, daß du unser Telefon benutzen kannst. Mir liegt gar nichts daran, Krethi und Plethi im Haus zu haben – das ist überhaupt nicht angenehm.«

Ich konnte ihr Telefon sogar sehen, durch die offene Tür hinter ihr auf einem Tisch in einem überladenen Wohnzimmer mit Blumenmustern auf allen Sitzmöbeln, deshalb sagte ich: »O bitte! Es dauert nur einen Augenblick, wirklich – ich will nur meinen Vater anrufen und ihn bitten, uns abzuholen – mein Bruder liegt dort draußen an der Straße und hat schreckliche Schmerzen ...«

Während ich redete, schob ich mich weiter in die Diele.

»Wo ist dein Bruder? Wo?« fragte sie.

Ich machte eine unbestimmte Bewegung – ich wollte nicht, daß sie hinausging und Jake suchte. Der Anblick ihres mißtrauischen, wütenden, geschminkten Gesichts und diese Ringellöckchen waren so ungefähr das letzte, was er im Moment brauchte.

Sie trat gerade so weit zur Seite, daß ich an ihr vorbei in das geblümte Wohnzimmer konnte, und ich machte einen Satz zum Telefon, hob den Hörer und wählte die Nummer. Doch die Leitung war tot, und ich sah gleich, warum: Das Kabel war durchgeschnitten.

»Clarissa hat das wahrscheinlich getan«, sagte die Frau sachlich. »Nur weil ich ihre Bilder nicht bewundere, bekommt sie diese kindischen Wutanfälle ...« Ich starrte sie dumm an, als sie sich zur Tür wandte und laut rief: »Hast du gehört, was ich gesagt habe, Clarissa? Ich weiß, was du getan hast – du dummes Mädchen! Nur aus kindischem Jähzorn heraus. Es hat überhaupt keinen Sinn. Du solltest endlich einsehen, daß du keine Spur von Talent hast. Tom sagt das gleiche. Ich weiß, daß du dich dort draußen versteckst, es hat keinen Zweck, so zu tun, als hörtest du nichts.« Sie wandte sich mir wieder zu und fuhr im Plauderton fort: »Sie meint, ich wüßte nicht, daß sie auch hier wohnt. Sie und Tom – das ist mein Mann – treiben allerhand Unfug hinter meinem Rücken.«

Ich schaute entsetzt von dem durchschnittenen Telefonkabel zu Clarissas herrlichem Blumenbild, das auf dem Boden lag, in etwa zwanzig Streifen zerschnitten. Andere Bilder lagen ebenso mißhandelt herum. Die Frau neben mir sah achtlos auf sie herunter.

»Wir haben eine dieser Guillotinen«, erklärte sie lässig. »Ich habe früher in einem Büro gearbeitet, weißt du – bis ich von Clarissa erfuhr.« Sie hob ein schweres Metallgestell mit einer Klinge am Scharnier hoch und zeigte, wie es funktionierte, hack, hack, hack. »Sehr nützliches Ding«, sagte sie. Inzwischen ging ich rückwärts auf die Tür zu. Doch sie folgte mir in den Garten, immer noch mit der Guillotine in der Hand.

»Wo hast du gesagt, seid ihr gewesen?« fragte sie.

»Beim – beim Schwanenkind«, stotterte ich. »Auf dem Abbotsbury-Berg.«

Sie schrie: »Ich glaube dir nicht! Es gibt keinen solchen Ort!«

Doch im gleichen Moment – oder fast unmittelbar danach – hörte ich in meinem Ohr oder in meinem Kopf eine körperlose, sirrende Stimme, die flüsterte: »Und hast du auf dem Schwanenkind etwas für mich gewünscht? Hast du, hast du?« Eine Seifenblase voll Entsetzen platzte in meinem Herzen, ich drehte mich um, wollte fliehen und stolperte über ein Stück Gartenschlauch, das verknäuelt auf dem Pfad lag. Jetzt bin ich erledigt, dachte ich, doch die Frau hielt inne und hackte mit ihrer Guillotine etwas von dem Schlauch ab.

»Tom ist dort unten«, plauderte sie weiter. »Er hat es sich in den Kopf gesetzt, achtzig Tage unter der Erde zu bleiben. Für die Wissenschaft. Er ist erst seit zwanzig Tagen unten; zwei Monate muß er noch bleiben. Das ist seine Luftzufuhr. *Streck die Hände aus, Kind!*«

Aber ich streckte nicht die Hände aus. Ich stürzte den Pfad entlang und zum Gartentor hinaus wie eine Ratte, die den Weg aus dem Labyrinth gefunden hat. Und glücklicherweise kam gerade in diesem Moment der Lieferwagen vom Lebensmittelhändler Finch die Straße entlang. Stan Budd, der Fahrer, hatte Jake schon am staubigen Straßenrand erkannt und fuhr langsamer, deshalb konnte ich ihn winkend einholen und Stan helfen, Jake hineinzuheben. Die Frau vom Bungalow stand immer noch am Zaun, ließ die Klinge ihrer Guillotine auf- und niedersausen und betrachtete uns nachdenklich.

»Du warst doch nicht dort drin, oder?« sagte Stan. »Verdammt noch mal! Mich würden keine zehn Pferde da reinkriegen. Total meschugge ist die. Ich bringe die Lebensmittel nicht mehr ins Haus, ich lasse sie einfach an der Gartentür.«

Meine Zähne schlugen immer noch aufeinander. Ich fragte: »W-w-was ist mit ihrem Mann?«

»Oh, er ist gestorben. Vor fünf Jahren. Im Krankenhaus. Aber sie meint, er wäre immer noch da, und ein paar andere dazu ...«

Jake war ohnmächtig geworden, als wir ihn in den Wagen hoben. Er lag bewußtlos hinten zwischen Kisten mit Rosinen und Persil. Sobald wir nach Hause kamen, rief Mutter Dr. Coswols an, und er kam sofort und sagte, es sei nur ein einfacher Bruch, und er richtete ihn sofort.

Ich bin nicht mehr im Bungalow-Garten gewesen. Aber manchmal, wenn ich vorbeigehe, spähe ich vorsichtig über den Zaun. Manchmal sehe ich die böse Frau, Esme, denke ich, die wütend mit einem Spaten oder einer Schere im Garten arbeitet. Manchmal abends ist da eine gebeugte, verhuschte Person, wahrscheinlich Ag, »die Dienerin«, die ein Staubtuch aus der Tür oder dem Fenster schüttelt. Sie sieht sehr wie Clarissa aus, aber dreißig Jahre älter.

Clarissa jedoch habe ich nie mehr gesehen, und ich stelle mir gern vor, daß ich sie erlösen und ihr helfen konnte, aus dieser unglücklichen Partnerschaft zu entkommen, als ich ihren Wunsch vom Berg des Schwanenkinds zurückbrachte.

An ihr Bild kann ich mich noch lebhaft erinnern. Ich hoffe, daß ich eines Tages ein ebenso gutes malen kann.

JOAN AIKEN

Joan Aiken, Autorin dieser neun schaurigschönen Geschichten, hat zahlreiche Kinderbücher und Jugendromane geschrieben, in denen es vor verrückten Einfällen, vor Spannung oder hintergründigem Humor nur so knistert. Bei Oetinger sind zur Zeit lieferbar:

Ein Hauch von Frost

Zehn rabenschwarze Geschichten

Geh, zügle den Sturm

Geh, sattle das Meer

Raben haben keinen Zutritt

Mr. Mendelson & Co.